달빛 조향사 5

가프 현대 판타지 소설

초판 1쇄 찍은 날 § 2021년 6월 24일
초판 1쇄 펴낸 날 § 2021년 7월 1일

지은이 § 가프
펴낸이 § 서경석

총괄팀장 § 노종아
편집책임 § 신나라
디자인 § 스튜디오 이너스

펴낸곳 § 도서출판 청어람
등록번호 § 제387-1999-000006호
등록일자 § 1999. 5. 31
어람번호 § 제1-3142호

주소 § 경기도 부천시 부일로 483번길 40 서경B/D 3F (우) 14640
전화 § 032-656-4452 팩스 § 032-656-4453
http://www.chungeoram.com
E-mail § chungeorambook@daum.net

ⓒ 가프, 2021

ISBN 979-11-04-92355-5 04810
ISBN 979-11-04-92324-1 (세트)

가프 현대 판타지 소설

달빛
조향사

5

MODERN FANTASTIC STORY

달빛
조향사

목차

제1장

—

예비 스태프 예약

[강토야, 고마워]

집으로 가는 길, 상미의 카톡이 들어왔다. 반짝이는 문자에서 다시 굳은 의지가 우러났다. 문자에도 향기가 있다. 잘 읽어 보면, 뉘앙스가 읽힌다.

[봉 꾸하쥬]

힘내.
불어로 답했다. 상미도 이 정도는 안다. 그렇다고 잘난 척

하려는 건 아니었다. 상미가 쑥스러울까 봐 살짝 돌려서 표현하는 센스였다.

지하철 역사를 나와 꽃집에 들렀다. 장미를 한 아름 득템했다. 할아버지가 좋아하는 꽃이었다. 마무리는 와인이었다. 할아버지는 코리아 와인인 막걸리를 좋아하지만 오늘은 강토 마음대로 정해 버렸으니 저 유명한 백포도주 '샤또 폰테인 소테른'이었다. 안주? 그건 할아버지 차지다. 아마 10분이면 뚝딱 만들어 내실 테니까.

"할아버지."

다른 날보다 힘차게 문을 열었다.

"목소리가 큰 걸 보니 좋은 일 있는 모양이구나?"

그림 마무리를 하던 할아버지가 답했다.

"맞아요. 한번 맞혀 보세요."

"개 향수값 좀 두둑하게 받았냐?"

"틀렸어요."

"그럼?"

"나 말고 할아버지 일."

"나?"

할아버지가 비로소 고개를 돌렸다.

"짜잔."

강토가 봉투를 내밀었다.

"엉? 금란백화점 전시 일정 확인서?"

내용을 본 할아버지가 소스라쳤다.

"축하해요."

그 타이밍에 장미 다발을 내밀었다.

"윤강토."

"이것도요."

소테른도 함께 안겨 주었다.

"뭐냐? 전에 없이 요란한 걸 보니 농담은 아닌 것 같은데?"

"문자 쏴 드렸는데 안 보셨어요?"

"문자?"

할아버지가 핸드폰을 꺼낸다. 그제야 강토 문자를 확인하고 눈이 휘둥그레지는 할아버지.

"못 믿겠으면 백화점에 확인하셔도 좋아요."

"그러니까 금란백화점이 나한테 전시 기회를 준다는 거냐?"

"그냥 주는 게 아니고요, 최고 명당으로 꼽히는 명품관 복도예요."

"강토야."

"전시회 날짜 못 맞추시면 제가 거액의 변상을 해야 할지도 몰라요. 그렇게 하시지는 않을 거죠?"

"이거… 아얏."

서류를 보던 할아버지가 비명을 지르며 움츠러들었다. 현실을 자각시키기 위해 강토가 미술용 나이프로 허벅지를 살짝 누른 것이다.

"뭐 하세요? 현실이면 빨리 안주 만드시지 않고."

"안주?"

"와인 드셔야죠. 죄송하지만 그거 굉장히 비싼 거거든요."

"허어, 이거야 원."

"방 시인님 모셔 와야겠죠? 저하고 마시면 뭐 맛이 제대로 나겠어요?"

"얀마, 나한테는 네가 최고의 술친구야."

"그럼 나는 비극이잖아요?"

"그게 또 그렇게 되냐?"

"아무튼 모셔 올게요. 서두르세요."

당황이 가득한 할아버지를 두고 문밖으로 뛰었다. 할아버지의 시선은 확인서에서 오래 떨어지지 않았다.

[미술 전시 일정 확인서

초청 화가 ― 윤종범

금란백화점 회장―박광수]

몇 번을 봐도 서류는 완벽했다.

"윤 화백님."

잠시 후에 방 시인이 들어섰다.

"어머."

거실 앞의 그녀가 놀란다. 주방 테이블이 근사하게 차려진 것이다. 할아버지는 능력자다. 할머니 없이 외국 생활을 오래 하면서 는 건 술과 요리뿐이라고 할 정도였다. 그러니 와인 안주 정도 마련하는 건 일도 아니었다.

"그림이면 그림 요리면 요리, 정말 못하시는 게 없네?"

방 시인의 인증이 나왔다.

"자, 우리 윤종범 화백님의 개인전을 위하여."

강토가 건배사를 했다. 할아버지 이름을 부르자니 살짝 쑥스럽기도 했다.

"아유, 좋은 날 좋은 술을 마시니 더 맛나네."

방 시인이 거듭 술을 받는다.

"할아버지 전시회도 많은 도움 부탁드립니다."

강토는 부탁을 잊지 않았다.

"걱정 마. 내가 아는 기자들까지 다 동원할 테니까. 안 오면 관계 끝내 버릴 거야."

"방 여사님, 그렇게까지는……."

지나친 결연함에 할아버지가 놀란다.

"아니면요? 이렇게 재주 좋은 손자가 마련한 전시회잖아요? 어떻게든 대박 내셔야죠."

"그게 또 그렇게 되는 겁니까?"

"할아버지, 전시회 끝나면 그림 구매도 불붙을 거예요. 재벌 될 생각도 하고 계세요."

강토가 할아버지를 띄웠다.

"그래, 좋다. 까짓것, 나도 국내 억대 작가 반열에 들어가 보자."

할아버지가 콜을 받았다.

챙.

다시 잔이 부딪쳤다. 소테른의 단맛과 신맛은 거의 환상이 었다. 용연향으로 마무리한 향수처럼.

와인의 주된 맛은 세 가지였다. 바나나와 나무 향, 그리고 밀랍 냄새. 묵직한 바디감에 깃든 맛은 거의 완벽한 조화를 이루고 있었다.

이 기막힌 조화처럼.

할아버지의 전시도 성공작이 되기를 빌었다.

하지만 과음 금지.

강토의 과음은 실험실이 마지막이었다. 화학공학과 때였다. 가난한 동기의 생일날이었다. 교수님 몰래 실험실에서 포도주를 만들고 그걸 증류했다. 15리터의 포도주를 증류해서 2.5리터로 만들면 신박한 맛이 된다. 동기와 둘이 마시고 다음 날까지 뻗었다. 그 이후로 과음은 먼 단어가 되었다.

다락방으로 올라와 삼나무 향수를 맡았다.

블랑쉬.

할아버지가 전시회를 열게 되었어.

향수로 백화점 고객을 녹여 버렸거든.

잘하면 금란백화점 매장 관리 향수도 쭉 거래하게 될 것 같아.

다 네 덕분이야.

향을 향해 속삭인 후에 검색을 했다. 전시회 날의 날씨를 보는 것이다. 백화점은 온도와 습도가 조절된다. 그렇다고 해도 외부 날씨는 변수로 고려해야 했다.

겨울이 깊어 가니 온도가 떨어진다고 나왔다. 오늘보다 평균 3도는 낮을 날씨였다. 백화점 실내는 변함이 없다지만 향을 맡을 사람의 후각이 떨어진다. 그렇다면 실내에 들어와 적응할 정도의 기온을 고려해서 확산성과 농도를 맞출 필요가 있었다.

눈을 감고 스케치에 들어간다. 오늘 쓴 것을 그대로 써도 좋지만 그러고 싶지 않았다. 그러지 않을 능력도 있었다. 전시 공간과 명품 매장의 향을 따로 쓰려는 것이다. 그것도 아니면 연결 향이었다.

그림 감상은 평안하게, 명품 감상은 고조되게.

이틀에 거쳐 스케치를 마쳤다.

숙성 시간이 필요하니 마냥 미룰 수도 없었다. 응용 숙성법을 쓴다고 해도 기본 숙성 기간 확보는 필요했다.

향수와 디퓨저.

두 가지 분량을 정했다.

다음 날, 막 조향을 끝냈을 때였다.

"닥터 시그니처."

다락방 아래서 할아버지 목소리가 들렸다.

'응?'

부른 이유를 알았다. 장미 냄새가 나고 있었다.

"내려가요."

시향 하던 블로터를 놓고 일어섰다.

"멋지다."

상미가 연신 감탄사를 토했다. 할아버지의 그림이었다. 이제 막 완성이라는 명제에 도달한 새로운 벨벳 그림은 한 편의 환상과도 같았다.

「아라비안 24계」

환상적인 오아시스를 배경으로 아라비아의 낮과 밤을 조명한 이 그림은 비구상에 가까운 판타지로 무려 200호짜리 대작 판타지였다.

가만히 보자면 치명적인 몰입에 빠진다. 다빈치의 스푸마토 기법을 유려하게 구현했으니 벨벳 질감을 이용한 특유의 파우더리에 더해 쓰담쓰담을 해 보고 싶을 정도였다.

"진짜 오아시스 냄새가 나는 것 같아."

한참을 바라보던 상미가 강토를 돌아보았다.

"오, 후각 많이 좋아졌는데?"

강토가 빙긋 웃었다.

"향수 뿌렸어?"

"어때?"

"너무 좋아. 뜨거운 모래 위에서 만나는 시원한 바람 같은?"

"저 그림에 표현된 향은 어코드에 다 녹여서 집어넣었거든."

"진짜?"

"시각과 후각을 동시에 만족시키는 그림, 괜찮을까?"

"향기 나는 그림에 취하고 나면 바로 펼쳐지는 명품 나라. 나라면 카드 펑크 나도 닥치고 지를 것 같아. 그 지름신을 어떻게 말려?"

"할아버지, 봤죠? 다들 좋다잖아요? 방 시인님도 상미도."

강토 목소리에 힘이 들어갔다. 할아버지 때문이었다. 강토가 그림과 향수의 매칭을 제의하자 탐탁지 않던 할아버지였다. 그림은 그림으로만 승부해야 한다는 게 할아버지 지론이었다.

강토도 그 지론은 무조건 인정한다. 하지만 할아버지의 소재는 벨벳이었다. 캔버스라면 몰라도 벨벳은 향수와 친화성이 높았다. 색감 자체가 향수의 파우더리 노트와 닮은 까닭이었다.

"진짜 그러냐?"

할아버지가 상미에게 확인을 한다.

"네, 그림도 보고 향도 맡고… 쇼핑도 하고……."

"하지만 언밸런스 아니냐? 그림은 수십 년 수백 년도 문제 없는데 향수는… 그렇게 되면 결국 향기 없는 꽃처럼 그림만 남게 될 테니……."

"걱정 마세요. 제가 수백 년 가는 용연향으로 코팅해 줄 테 니까요. 그럼 됐죠?"

강토가 대안을 내놓았다. 삼나무 향이나 용연향을 잘 쓰면 일이백 년은 문제도 없다. 할아버지가 걱정할 일이 아니었다.

*   *   *

"뭐어?"

한여름의 축제를 끝내고 앙상해진 장미 나무 앞에서 강토 가 고개를 들었다.

"나 조향 꿈 접는다고."

하늘을 바라보는 상미의 미소는 휑하니 비어 있었다.

열혈 소녀 배상미.

흙수저에 흙후각, 그럼에도 그저 향수가 좋아 택한 조향 복 수전공. 교수와 동료들에게 모진 구박을 받으면서도 구김이 없 던 강철 마인드가 무너져 내리고 있었다.

줄리안 때문이었다.

흙후각 때문에 불가능할 것으로 알던 취업. 뜻밖에도 자신 을 감싸 주는 조향사를 만나자 찐 감격했던 상미. 그러나 그게 취업 사기꾼의 위선된 미소라는 걸 알게 되자 맥이 풀린 것이다.

"너도 알잖아? 내 후각. 이 코로는 역시 무리인가 봐."

남산을 바라보는 눈동자에 물기가 서린다.

"그래서 왔어. 돈 찾아 준 거에 대한 고마움도 전해야 할 거 같고……."

"배상미, 열혈 소녀가 이만한 일에 백기 투항이냐?"

"투항이 아니야. 팩트 체크지. 이 후각으로 향수 일을 하겠다는 건 위선이야."

"위선이라도 적응만 잘하면 돼."

"네 마음 알아. 조향 전공하는 동안 나랑 동병상련이었고. 그래서 겸사겸사 너한테는 말을 해야 할 거 같아서."

"여기까지 와서 포기하려고 개고생한 거 아니잖아? 아네모네 오 팀장님에게 멸시를 당한 것도, 향낭 주머니로 미친 트레이닝을 한 것도."

"다 해 봤는데… 안 되는 걸 어떡해."

상미 눈에 결국 눈물이 맺혔다.

치잇.

강토의 반응은 위로보다 향수였다.

"이거 무슨 향인지 알지?"

"로즈?"

상미가 답한다. 이렇듯 향수는, 그녀에게 여전한 유혹이었다.

"이거 합성 향으로 만든 거야. 할아버지 그림에 알맞은 향을 고르느라. 오늘날 세계 향수의 태반이 합성 향인 것도 알지?"

"그야……."

"그럼 그게 위선이야?"

"강토야."

"진짜 위선은 조향을 악용하는 사람들이야. 줄리안 같은 인간들 말이야. 조향을 내려놓아야 할 사람은 바로 그런 인간들이지 네가 아니야."

"하지만… 현실은? 내가 갈 수 있는 곳은 아무 데도 없어. 조향 회사는 물론이고 작은 공방조차도… 나한테 허용되는 건 향수를 파는 일뿐인데 그건 내가 꿈꾸던 목표가 아니야."

"네가 꿈꾸던 게 뭔데?"

"향수와 함께, 향을 다루고 만들고, 관리하고, 시향 하고… 다는 아니더라도 그 어느 일부라도 관여하고 싶었단 말이야……."

"……."

"……."

강토와 상미 시선이 허공에서 만났다.

이런 눈빛은 처음이 아니었다. 3학년 과정의 실습 때였다. 2인 1조 실험에서 실습을 완전히 망친 날, 이창길에게 폭언에 가까운 면박을 당한 그날…….

"생각나냐?"

"응."

강토가 묻자 상미가 고개를 끄덕였다.

"그때 뭐랬냐?"

"……."

"이 교수님에게 말했잖아? 교수님, 저 죽어도 조향할 거예요. 그러니까 교수님이 아무리 뭐라 하셔도 저 안 그만둬요."

"강토야……."

"따라와라."

강토가 앞서 걸었다. 다락방이었다.

"와아."

침울하던 상미 입이 저절로 벌어진다. 그동안 만든 향수들 때문이었다. 방금 마친 백화점 향수는 양도 좀 많았다.

강토는 알고 있었다. 상미는 조향을 떠나지 못한다. 정말 포기하고 싶다면 이런 반응이 나올 수 없었다. 다락방으로 따라오지도 않았을 것이다.

치잇치잇.

강토가 거푸 스프레이를 눌렀다. 한두 개도 아니었다.

"강토야?"

상미가 의아해하지만 강토의 스프레이는 멈추지 않았다. 결국에는 완전판 천년후에와 함께 아직 미공개 작품인 「아이리스─당신만의 센슈얼 판타지」, 두 병 남겨 둔 그것까지 망라했다.

"맡아 봐라."

그 많은 블로터를 상미에게 안겨 주었다.

"강토야."

"어리바리하게 굴지 말고 시트러스 향낭 맡을 때처럼 집중해. 나 지금 면접 보고 있는 거야."

"면접?"

"그래. 나 졸업하면 딱 너처럼 열정 하나로 도와줄 직원이 필요하거든. 졸업은 내일모레, 연예인들 주문이 밀리는 판에 아네모네 일도 터질 거 같고, 게다가 엊그제 너 도와주던 날에는 금란백화점 건도 맡았단 말이지. 이제 곧 할아버지 전시회 준비도 해야 하고… 이만하면 하우스 차려서 조수 하나 둘 정도는 되지 않냐?"

"강토야."

"왜? 유럽 향수 학교 안 나와서 뺀찌냐?"

"강토야……."

"셋 셀 때까지 결정해라. 나 이래 봬도 줄 선 후보자들 많다."

"하아앙."

블로터를 안은 채 상미가 고개를 떨구었다. 젖은 눈을 감추며 강토가 웃었다. 사실 이 풍경은 지보단 유학을 포기하던 때부터 머리에 그리던 일이었다. 원래는 정식 공방 또는 하우스를 차리면서 제의하고 싶던 일. 선후가 바뀌기는 했지만 나쁠 거 없었다.

"오케이?"

"웅."

"유럽 유학 안 갔다 왔다고 개기면 죽는다?"

"걱정 마. 나는 네가 유럽 유학 백 번 다녀온 사람보다 더 멋진 조향사라는 거 알고 있으니까."

눈물을 삼킨 상미가 환하게 웃었다.

*　　　*　　　*

와아.

와아아.

상미가 아이처럼 깡총거렸다. 지하철까지 배웅하는 길, 강토가 준 향수를 뿌리며 아픔을 잊는 상미였다.

"그렇게 좋냐?"

강토가 모른 척 물었다.

"당연하지. 싸부님 작품인데."

"싸부는……."

"이제 진짜 싸부가 되었잖아? 졸업 때까지 유보이긴 하지만."

"졸업도 코앞이야."

"그래도 너무 좋아. 이제 진짜 조향사 밑에서 일하게 되었으니."

"쳇, 언제는 조향 때려치운다며?"

"그러게? 내 인생에 이런 반전이 올 줄은 몰랐네? 내 밑으로 딱 하나 있던 후맹 윤강토의 인생 반전."

"그래서 억울하냐?"

"아니, 너무 행복해. 스타니슬라스 박사님 말대로 된 것 같아."

"스타니 박사님이 뭐랬기에?"

"여름에 그라스 갔을 때 말이야, 후각은 꽝이지만 조향은 꼭 배우고 싶다고 했더니 박사님이 그러셨거든. 그럼 먼 데 갈 생각 말고 강토를 잡으라고."

"진짜?"

"응, 박사님이 말씀하시길, 자기 예상이 틀리지 않다면 이 세기의 조향 역사는 강토가 다 바꿔 놓을지도 모른대."

"박사님 이제 보니 뻥카시네."

"미안하지만 그분을 뻥카로 보는 사람은 지구상에 너밖에 없거든."

"하긴……."

"이 향수 너무 좋다. 마구마구 덕질 하고 시포."

상미가 아이리스 향수 블로터에 코를 박았다.

"기도해라. 그게 터져야 내가 진짜 조향사 대우를 받을 테니까."

"어머, 그럼 이게 그거야? 뉴욕으로 가는?"

"응, 괜찮냐?"

"뭐 내 후각으로 감히 평할 수 없겠지만 가만히 코를 기울이면 두근두근 설렘 속에 햇살이 반짝이는 것 같아."

"후약은 확실히 벗어났네."

"맞혔어?"

"그래. 그런 주제를 담은 향수야. 당신만의 센슈얼 판타지."

"타이틀도 죽인다."

"뉴욕을 죽여야지."

"그럴 수 있을 거야. 네 향수는 사람의 마음을 끄는 마력이 있거든."

"마력은 무슨."

"진짜야. 너, 줄리안이 네 향수 왜 감추고 안 줬는지 알아?"

"포뮬러 분석해서 카피할 생각이었겠지."

"아마 그랬을 거야. 하지만 중요한 건 그 여자가 그 향에 빠진 거라는 사실."

"그래?"

"처음에 좀 보자고 하더니 2시간쯤 후에 다시 오더라고. 향이 점점 더 좋아진다나? 그래서 잠깐만 보고 돌려주겠다고 해서 빌려줬던 거야."

"그 여자는 사기꾼이야."

"나도 알아. 향수 냄새는 깊게 분석하지 못하지만 사람 행동은 알 수 있거든. 그래서 돈보다도 네 향수만 찾으면 나올 생각이었어."

"내 향수가 200만 원보다 소중했냐?"

"당연하지. 그건 진짜 시그니처잖아? 돈을 주고도 살 수 없는."

"알았으면 내 앞에서 다시는 조향 그만둔다는 말 하지 마라."

"알겠습니다, 싸부님."

"그런 의미에서 이건 첫 미션."

강토가 메모지를 내밀었다.

"뭔데?"

"할아버지 전시장에 디퓨저도 필요하거든. 디퓨저 베이스는 80%나 85% 정도 쓸 건데 위에 꽂을 리본 좀 만들어 줘. 오로라 오간디 소재로 샤인메시 리본 접고 더블나비 보우도… 생화라면 다인이 최고지만 이런 건 또 네가 잘하잖아?"

"알았어. 나 할 수 있어."

"리드 스틱도 넉넉히 준비하고. 비용은 바로 쏴 줄게."

"넵, 싸부님. 명령을 받자옵니다."

상미는 열혈 소녀 모드로 돌아왔다. 지하철 앞에서 큰 소리로 거수경례까지 붙인 것이다.

"갈게."

상미가 에스컬레이터에 발을 올렸다. 멀어지는 모습이 시원한 시트러스처럼 상큼해 보여 좋았다.

기분 좋게 돌아설 때 핸드폰 화면이 밝아졌다. 할아버지의 전화였다.

—어디냐?"

"충무로역요, 왜요?"

—손님이 오셨어."

"손님이라고요?"

—아네모네 오연지 팀장님?"

"그래요? 금방 갈게요."

전화를 끊고 집으로 뛰었다. 강토네 집이 남산 아래다 보니 약간의 경사가 있었다. 그래도 한달음에 도착하는 강토였다.

오 팀장.

왜 왔지?

뉴욕의 스케줄이 확정된 걸까?

그것도 아니면 혹시⋯⋯.

강토 향수 퇴짜?

강토도 사람이다.

긍정과 부정이 짬뽕이 되는 사이에 집에 도착했다.

"윤강토."

마당에 있던 오 팀장이 반색을 한다.

순간 살포시 '부정'을 내려놓았다. 그녀의 체취가 말하고 있었다. 게다가 저렇게 자연스러운 듀센 미소에 부정의 느낌이 섞여 있다는 말은 들어 보지 못한 강토였다.

*　　　*　　　*

"네?"

강토가 소스라쳤다. 오 팀장이 가져온 뉴스 때문이었다.

"제 뉴욕행 결정되었다고요?"

"그렇다니까."

오 팀장이 생글생글한 표정으로 확인을 해 주었다.

"팀장님……."

"불어 수준으로 미루어 보아 영어도 문제없지?"

"예."

"오늘 부사장님에다 평가단 대표들까지 참석한 가운데 최종 평가가 나왔어. 오늘 평가만 말하자면 강토 네 향수는 2등."

"2등이라고요?"

"한국 사람들이잖아? 아무래도 국뽕기가 있다 보니 한국 야생화 향 노트를 내세운 향수와 전문적인 해설에 더 끌리는 모양이더라고."

"하지만 그 무대는 한국이 아니라 뉴욕입니다."

"알아. 하지만 우리가 이 프로젝트 추진하는 목적이 결국은 우리 향으로 가기 위한 길이잖아? 애당초 평가단의 의견도 그쪽이었으니 탓할 필요 없어."

"그런데 왜 제가 뉴욕을?"

"우리는 평가단이 아니고 조향사니까. 조향사는 국뽕보다 뉴욕의 분위기가 중요하다는 걸 알고 있으니까. 우리 향 어필은 중요하지만 일단은 우리 조향 능력부터 인정받아야 하잖아? 스타니 박사와 우리 강토 의견처럼."

"팀장님."

"오늘 최종 평가만 보면 제이미와 주디인데 제이미가 더 호평을 받았어. 강렬한 센슈얼풍의 털중나리꽃과 대청부채꽃, 그리고 비자 열매의 껍질 향을 우드 노트로 써서 맛깔스러운 향을 만들었더라고. 약간의 기시감이 있기는 한데 인상적인 센슈얼이라는 호평을 받았어. 하지만 내부의 판단까지 합친 토털에서는 강토가 1등이야."

"제이미라고요?"

"카피 좋아하는 친구지만 이번에는 노력 좀 했나 봐. 우리 야생화와 관능을 주제로 어코드를 잘 다뤘더라고."

"……"

"그래서 제이미하고 강토를 데려가는 걸로 결정했어. 우리 꽃을 대표하는 향을 만드는 조향사와 유럽의 정통 향도 울고 갈 조향사… 구색으로도 괜찮잖아?"

"그렇… 군요."

"유럽이라면 보통 이런 행사에는 향수 개발에 참여한 조향사를 대동하지는 않아. 발표하는 향수는 모두 그 회사를 대표하는 조향사 것으로 나가니까. 하지만 우리는 조향 템스가 두 텁다는 걸 알리기 위해서라도 두 사람을 동행하려는 거야. 당장 제품 출시보다 뉴욕 뷰티의 반응과 우리의 현주소를 확인하려는 거니까. 혹시 질문이 나온다고 해도 직접 향수를 만든 사람이 가장 잘 설명할 수 있지 않겠어?"

"예……."

"여권은 있다고 했지?"

"네."

"그럼 카피해서 보내 줘. 왕복항공권부터 숙박에 식비까지 전부 프리고 체류 기간의 수입 보상도 우리가 해 줄 거야. 대한민국 평균 조향사 수입으로, 그럼 됐지?"

"네."

"아, 할아버지 그림 말이야, 전시회 하셔? 분위기가 그쪽이던데?"

"맞아요. 금란백화점에서 개인전 갖게 되었어요."

"어머, 잘됐다. 그런데 왜 나한테는 연락 안 했어?"

"그게… 며칠 전에 결정된 거라 정신이 없어서요."

"우리 팀 가도 되는 거지?"

"와 주시면 대박 땡큐죠."

"그럼 그때 보자. 나도 일이 좀 바빠서."

오 팀장은 할아버지에게 인사를 남기고 나갔다.

"뉴욕에 간다고?"

할아버지가 다가왔다.

"그럴 거 같은데요?"

"우리 강토가 이제 국제통이 되는구나?"

"할아버지만 하겠어요?"

"하긴 예멘이 그립긴 하다. 내 친구 하산도……"

할아버지 시선이 하늘로 향한다. 그러고 보니 할아버지가 외국으로 나가지 않은 것도 오랜 시간이었다.

"할아버지."

"왜?"

"전시회 멋지게 해치우고 저 뉴욕 다녀오면 같이 예멘 한번 가요. 아니면 사우디아라비아 화방 골목에라도요."

"할아비 위로하는 거냐?"

"아뇨. 내가 그립거든요. 사우디아라비아 리야드 골목의 중국 화상들, 대추야자, 그리고 할아버지가 몰래 담가 마시던 포도주, 더불어 예멘 소코트라 섬의 엘라도."

"얀마, 허튼소리 말고 향수나 만들어. 너를 위해서라면 몰라도 나를 위해서는 안 가."

"나를 위해서라니까요? 소코트라에는 향 원료가 많거든요. 유향과 몰약, 심지어는 용연향도."

"용연향?"

"거기서 많이 난다고 하산 촌장님이 그랬잖아요."

"그것도 옛말이지, 지금은 내전으로 어지러울 텐데 고래라고 그 위험한 바다에 오겠냐? 게다가 너는 거기 몰아치는 계절풍을 싫어했잖아?"

"그 바다에 오는 건 고래 맘이고요, 계절풍도 오래 안 봤더니 그립거든요."

"말은… 빨리 향수나 만들어. 내 액자 틀 적셔 준다면서?"

"약속하신 거예요."

다짐을 받고 다락으로 뛰었다.

상미를 구했다.

그런 날이었으니 할아버지 액자에 뿌릴 효과음, 아니, 효과 향수쯤은 문제도 아니었다.

직진이다.

이제 뭔가 구체적인 그림이 손에 잡히는 것 같았다.

「블랑쉬 하우스」

강토가 구상하던 향수 전문 하우스 오픈.

셀 수도 없는 인공 보조제들을 배제한 퍼펙트 찐 시그니처와 니치.

행복한 기분으로 새 작품들을 스케치했다.

아이리스, 그리고 장미와 재스민이 강토만의 포뮬러로 그려진다. 익숙한 것을 다르게 해석하는 진짜 조향사의 능력이다.

세 꽃 생화를 바라본다.

포마드, 에센스, 콘센트레이트, 앱솔루트.

여러 방법으로 향을 담고 있는 향료를 바라본다. 현대의 조향사들은 주로 콘센트레이트로 작업을 한다. 그러나 이 네 가지 향료들은 같은 꽃의 향을 담고 있으면서도 조금씩 느낌이 달랐다.

톱노트, 하트노트, 그리고 베이스노트.

아예 이것들로 그 과정을 가면?

완전히 새로운 아이리스가, 장미가, 재스민 향이 나온다. 미세한 차이의 위대함이 숨어 있는 것이다.

그렇다면?

바로 실행.

향 원료들을 배합해 본다. 똑같은 향으로 새롭게 그려 내는 향수들. 생각만으로도 짜릿했다.

*   *   *

"이햐, 이건 정말?"

액자 전문점 문 사장이 혀를 내둘렀다. 강토가 가져온 그림 때문이었다. 기본 액자 틀에 고정된 벨벳 캔버스. 그 위에 그려진 할아버지의 그림. 천상의 물감으로 그린 듯 부드럽기 그지없었다.

그림을 보기 무섭게 그림을 끌어안고 싶었다. 초특급 호텔의 침실처럼 포근하고 파우더리한 향 때문이었다. 파우더리만이 아니었다. 인물을 그린 그림에서는 미녀들이 스쳐 간 듯 수선화 향이 났고 꽃에서는 그 꽃의 향기가, 예멘의 바다를 그린 그림에서는 마린 노트의 냄새가 은은했다.

"이런 물감이 있었습니까?"

문 사장이 할아버지를 바라보았다. 액자 전문점 45년의 베테랑이었다. 그가 모르는 대한민국 화가는 많지 않았다. 물감도 그랬다. 하지만 이렇게 좋은 향이 깃든 물감에 대해서는 들어 본 적이 없었다.

"우리 손자 놈 덕 좀 봤죠. 벨벳을 고정하는 나무틀에 그림 주제를 관통하는 향을 입혔지 뭡니까?"

할아버지 목에 힘이 들어갔다.

"아니, 손자는 코가 안 좋다고 하지 않았습니까?"

"그랬는데 정상으로 돌아왔어요. 아니, 정상 이상이죠. 그러더니 요즘은 좌충우돌 활약을 펼치고 다니는데 모르세요? 얼마 전에는 방송에도 출연했는데?"

"어이쿠야, 그런 일이 있었군요?"

"사장님, 금란백화점 명품관에 전시할 거거든요. 그쪽 품격에 잘 맞춰 주세요."

강토가 강조를 했다.

"이놈이 원하는 대로 해 줘요. 금란백화점 뚫은 것도 이놈이거든요."

할아버지가 웃었다.

"허엇, 복덩이네 복덩이. 거긴 해외 레전드 작가들도 뚫기 어려운 곳이라던데……."

문 사장이 프레임 샘플을 준비하기 시작했다.

샘플은 향수의 노트들만큼이나 다양했다.

하지만.

걱정은 없었다.

문 사장은 말로만 베테랑이 아니었다. 나이는 먹었지만 전시회의 맥락을 제대로 파악하고 있었다. 명품관에서 취급하는 상품과 장식은 주로 미국과 유럽산들. 그렇기에 입구 쪽 복도와 안쪽 인테리어 역시 최고급 유럽 건축내장재를 쓰고 있었다.

"이게 어떨까요?"

유럽풍의 우아한 프레임이 몇 개 나왔다. 매끈한 라인과 바디가 눈에 띄는 프레임이었다.

"어떠냐?"

할아버지가 강토 의견을 묻는다.

강토는 프레임의 냄새부터 확인했다. 나무틀에 먹인 향수 때문이었다. 혹시라도 어코드를 깨는 냄새가 난다면 악취가 될 수 있었다.

"이게 좋겠어요."

여섯 개의 샘플 프레임 중에 두 개를 골라 놓았다. 최종 선택은 할아버지 몫이니까.

"이걸로 가죠."

할아버지가 마지막 선택권을 행사했다.

"축하합니다. 그렇잖아도 저번에 3인전 깨졌다는 소문 듣고 내가 속이 안 좋던 판인데 완전 전화위복이네요."

문 사장이 할아버지를 응원했다.

"스펙 좋아하는 세상을 어쩌겠습니까?"

"스펙은 개뿔, 아, 막말로 환쟁이 세상에 스펙이 무슨 소용입니까? 조선시대 장승업 같은 술꾼은 대가로 인정하면서 상업화 그렸다고 무시하다뇨? 지 놈들은 그림 안 팝니까? 이번에 제대로 성공하셔서 그런 적폐 무리들 좀 확 날려 주세요. 내가 새로운 소재에 그리면 신경향에 개척이고 남이 벨벳에 그리면 천박이라는 논리하고는……."

문 사장이 목청을 높인다.

액자 계약서에 사인을 하고 현금으로 전액을 쐈다. 할아버지의 뜻이었다.

"쟁이들은 말이야, 찔끔찔끔 정산하는 걸 싫어하거든. 기분으로 하는 일이니 선금을 주는 게 좋아."

밖으로 나온 할아버지가 말했다. 만약 그림이 안 팔리면 액자는 다시 반환하고 사용료만 주어도 되었다.

"이제 디데이만 기다리면 되나요?"

"그렇구나."

"자, 미리 파이팅 한번 해요."

강토가 주먹을 내밀자 할아버지가 힘차게 부딪쳐 주었다. 쇼윈도 안의 문 사장은 벌써 액자 작업에 돌입이다. 프레임을 재단하고 호치키스를 박는다.

할아버지의 개인전은 이제 코앞.

할아버지가 할 일은 끝났다.

하지만.

강토가 할 일은 아직 많았다.

전시장에 쓸 일주일 분량의 향수와 디퓨저 관리, 그리고 관람객 초대.

그사이에 들어온 상미의 플라워 샘플을 체크하고 핸드폰 액정에 전화번호 리스트를 띄웠다.

유명인들 번호가 꽤 많이 보였다.

지인이라는 건 이럴 때 써먹어야 하는 법.

1타로 누른 건 손윤희의 번호였다.

제2장

—

지상 과제— 전시회를 성공시켜라

전시회가 열리는 새벽.

어스름을 타고 금란백화점이 보였다. 불 꺼진 백화점 외벽에 걸린 초대형 이벤트 현수막이 보였다. 특이하게도 벨벳 소재였다.

「벨벳의 대가 윤종범 화백 특별 초대전」

바이올렛 컬러의 벨벳 위에 푸른 연두 배색 글자는 비단처럼 우아해 보였다.

강토는 오픈도 되지 않은 금란백화점 안에 있었다. 명품관 복도였다. 그 통로의 중앙에서 그림을 보고 있었다. 전시 작업은 어젯밤 늦게 끝났다. 백화점 문이 닫히기 무섭게 군사작전을 방불케 하는 작업이 진행된 것이다. 벽을 장식한 그림은 모두 20점이었다. 80호 이상이 여섯이었고 200호짜리 대작도 있었다.

「아라비안 24계」

환상적인 오아시스를 배경으로 아라비아의 낮과 밤을 조명한 이 그림은 비구상에 가까운 판타지. 할아버지의 중동 생활을 녹여 낸 혼의 판타지였다.

강토 옆에는 상미와 다인이 있었다. 자원봉사를 자청하니 뿌리칠 수 없었다. 게다가 매장 입구와 명품관 복도, 안쪽의 명품관까지 향과 디퓨저 세팅을 해야 하니 사람도 필요했다.

"와아."

상미와 다인은 벌린 입을 다물지 못한다. 할아버지의 그림 때문이었다. 액자를 끼워 전시회 포스로 걸어 놓으니 하나의 제국처럼 보였다. 사람을 끌어안을 듯 포근한 벨벳의 제국. 더 흥미로운 건 스푸마토 기법과 함께 재료의 매력이었다. 할아버지의 요청에 따라 조명이 동원되었으니 그 조명의 각에 따라 파우더리한 질감이 다르게 보였다.

게다가.

조금 가까이 다가서면 그림의 향에 한 번 더 취한다. 액자틀을 이루는 나무에 바른 향 때문이었다. 블랑쉬의 보석까지 동원한 향은 날아가지 않는다. 샌들우드와 시더우드에 조합에 몰약을 더해 10년 이상 지속되는 향을 먹인 것이다.

"와아."

다인이 또 한 번 놀랐으니 상미가 만들어 온 디퓨저 플라워 때문이었다. 어쩌나 정성을 쏟았는지 눈이 부실 정도였다. 플라워마다 강토가 도와준 것에 대한 보답, 그리고 자신을 받아 준 데 대한 보답을 땀땀이 실어 놓았다.

바깥 날씨는 쌀쌀하다. 예보에 따르면 오늘 최저기온은 영하 2도에 최고는 영상 12도. 실내의 평균 온도까지 계산한 후에 시계를 보았다.

「오픈 10시 30분」

이제 두 시간이 남았다.

세팅된 디퓨저를 체크했다. 전시회 입구와 명품관 매장 안에는 디퓨저와 향수 스프레이를 장치해 자동분사가 되도록 준비를 했다. 나머지 짜투리와 사각의 향 분자 농도는 강토와 상미, 다인이 그때그때 조율을 한다. 관객 수에 따라 세밀하게 대응하려면 그게 최선이었다.

향수와 디퓨저는 세 종류가 한 세트였다. 점심시간까지의 향과 오후의 향, 그리고 피로에 찌든 저녁 시간대의 향이 조금씩 달랐다.

지속 시간은 대략 6시간이다. 톱노트부터 베이스노트까지 향이 거의 변하지 않는다. 지속 시간은 길지만 나중에는 맵고 쪼는 베이스노트만 남는 향과는 달랐다.

"어, 준서 오빠."

준비를 하던 상미가 고개를 들었다. 준서가 온 것이다.

"준비 잘되냐?"

준서가 강토에게 물었다.

"덕분에, 형은 바쁘다면서 왜 왔어?"

"야, 아무리 바빠도 너네 할아버지 개인전인데… 이거나 먹어라."

준서가 초콜릿을 꺼내 놓았다. 브라운 배경에 노랑 포인트를 올려 색감이 기막혔다.

"와아."

상미와 다인이 반색을 한다.

"이야, 이건 뭐 장난이 아니네? 무슨 그림이 이렇게 환상적이냐?"

"왜? 쇼콜라티에 영감이 팍팍 와?"

"내 말이. 마치 초콜릿을 발라 놓은 것 같잖아? 향도 나고?"

"으음, 초콜릿도 바를 걸 그랬나?"

"이야, 이거 진짜 대박이다. 그림 좋고 향도 나고……."

"대박이 저절로 나? 왔으니까 이거나 받아."

준서에게도 향수 한 병을 건네주었다. 오픈 시간이 다가오니 향을 세팅할 시간이었다.

"정문하고 명품관 에스컬레이터, 그리고 전시회 입구부터. 나는 VIP 고객 주차장 구역 좀 세팅하고 올게."

오픈 시간 30분 전.

손윤희를 비롯해 은나래와 우영자 등의 화환이 도착하기 시작했다. 작은아버지와 송 과장의 것도 오고 박광수 회장과 유쾌하 실장의 것도 왔다.

"세팅 개시."

비로소 강토의 지상 명령이 떨어졌다.

"……"

전시장 입구의 복도에 선 할아버지가 보였다. 행복하게 웃고 있다. 하지만 곧 어코드가 무너질 향수처럼 밸런스가 신통치 않았다.

관람객 때문이었다. 전시회 복도의 사람은 세 명뿐이었다.

할아버지, 방 시인, 그리고 관람객 한 명.

지명도의 한계였다. 할아버지는 오랫동안 중동에서 활약했다. 그곳 지인은 수백 명에 달하지만 국내 지인은 소수였다. 그렇다고 사우디아라비아나 아랍에미리트, 예멘 등의 지인들이 올 수는 없는 곳이었다.

"오후에는 많이들 올 거예요."

방 시인이 위로를 했다.

하지만.

오후에도 전시장은 한가했다.

전시장뿐만 아니라 백화점 전체가 그랬다. 이유는 개점 직후부터 심해진 강풍 때문이었다. 기상청의 한계다. 체감온도가 뚝 떨어지니 백화점 전체로도 방문객이 확 줄었다. 사람이 오지 않는데야 강토의 향수 전략도 어쩔 수 없는 일이었다. 향수 분사량을 조금 늘렸다. 그래도 결과는 같았다.

문제는 다음 날이었다.

이날도 전체 관람객이 100명을 넘지 않았다. 속된 말로 액자 비용에 향수 제작비도 나오지 않을 분위기였다.

야속하게도 강토가 날린 초대 문자도 별 효과가 없었다. 축하 화환은 도착했지만 사람은 오지 않았다. 화환이 왔으니 사람까지 와 달라고 조를 수도 없었다.

"강토야……."

자원봉사를 해 주던 다인과 상미도 울상이었다. 전시회장에는 사람이 많아야 한다. 그건 모든 전시회의 공통 과제였다.

"아직 5일 남았다."

강토는 애써 태연했다. 할아버지가 듣고 있기 때문이었다.

5일 남았어.

이 말이 긍정의 신호였을까? 백화점이 문 닫기 직전에 반가운 얼굴이 찾아왔다. 아네모네 추출실에서 강토가 구해 준 서나연 기자였다.

"강토 씨."

"어, 서 기자님."

강토가 인사를 했다.

"아유, 이제 와서 미안해요. 초대는 받았는데 지방 취재가 있어서 말이죠."

"무슨 말씀이세요? 바쁘신데 와 주신 것만 해도 고맙죠."

"그런데 사람이 좀 없네요?"

"예……."

"어제 오늘 강풍이 불어서 그럴 거예요. 이런 날은 외출을 잘 안 하잖아요?"

"그럴까요?"

"이 향… 강토 씨 작품인가요?"

"네?"

"백화점 입구와 명품관 에스컬레이터, 전시장 입구, 그리고 그림에서도?"

"벨벳이 굉장히 부드러운 소재잖아요? 향수하고 잘 어울릴 거 같아서요."

"향이 명품관 입구로 이어지네?"

"맞습니다."

"이거 언론 홍보 제대로 안 했죠?"

"예, 백화점에서 보도 자료를 뿌리기는 했다는데……."

"윤종범 화백, 오면서 확인했더니 국내 인지도가 좀 낮더군요. 강토 씨는 향수로 고객 유인을 구상한 모양인데 날씨가 하필… 이래 가지고는 이 전시회, 성황리에 종료하기 어려워요."

"날씨는 내일부터 풀린다고 하더라고요."

"정확히는 오후부터죠. 하지만 모레가 주말이잖아요? 그날까지 이런 분위기로 넘어가면 끝물이죠. 전시회 마지막 날 대박 터지는 곳은 잘 보지 못했어요."

"……."

"이 향, 내일도 준비되나요?"

"네."

"그럼 오늘은 우리 화백님 인터뷰만 하고 사진은 내일 아침에 찍어야겠네요. 현재의 전시장은 너무 썰렁해서 말이죠."

"서 기자님."

"날씨 말이에요, 내일 낮부터 풀리거든요. 그렇다면 오전도 쌀랑하겠죠?"

"네……."

"제가 여행 레저 담당 기자에게 들었는데 조금 전에 중국 중산층 단체 관광객이 들어왔어요. 한 300명쯤 되는데 날씨 때문에 야외 코스는 좀 무리죠. 여행사에 기막힌 대안이 있다고 귀띔해 볼게요. 그 정도 관람객이면 카메라 워킹이 제대로 될 것 같지 않아요?"

"가능하겠어요?"

"이렇게 따뜻한 분위기의 그림에 이렇게 기막힌 향… 게다가 바깥 날씨까지 추우니 이만한 대안이 어디 있겠어요?"

"서 기자님."

"저도 신세 한번 갚아야 하니까 향수 분위기나 잘 내 주세요."

서나연이 웃을 때 강토 핸드폰 화면에 불이 들어왔다. 손윤희였다.

—닥터 시그니처.

그녀 목소리가 밝았다.

—지금 어디야?

"할아버지 전시장인데요?"

—그렇구나. 내가 중국 방문에 CF 때문에 바빠서 말이지. 내일은 스케줄 비니까 나래랑 만나서 같이 갈게. 나래도 촬영이 밀려서 아직 못 갔다고 하더라고.

"그럼 죄송하지만 내일 오전에 좀 가능할까요?"

—오전?

"네."

—안 될 거 뭐 있어? 그렇잖아도 늦게 가서 미안한데 백화점 문 여는 시간에 맞춰서 갈게.

"그렇게까지는……."

—아니야. 이번에는 진짜 1착으로 갈 거야. 그럼 내일 봐.

손윤희가 전화를 끊었다.

"좋은 소식이에요?"

눈치 빠른 서 기자가 물었다.

"손윤희 여사님이세요. 내일 오전 일찍 와 주신다고 하네요. 은나래 씨도 함께요."

"어머, 요즘 주가 올리는 손윤희 말이에요? 그리고 유명 방송인 은나래?"

"네."

"아, 맞다. 강토 씨가 손윤희 씨 구세주였죠?"

"구세주까지는 아니고요……."

"아니에요. 진짜 그분들이 오면 중국 중산층 관광객들 내가 100% 보장해요. 그렇게 되면 저쪽 여행사 대표가 나한테 감사할 소스거든요."

"진짜요?"

"그럼요. 특히 손윤희 말이에요, 얼마 전에 한중 합작 대작의 주인공으로 낙점되었잖아요. 그분 관람 사진 한 장 나가면 반향이 굉장할 거예요."

"그렇게만 되면……."

"가만, 손윤희가 몇 시에 온다고요?"

서나연이 핸드폰을 뽑아 들었다.

*　　　　*　　　　*

손윤희.

악취 후각으로 유명한 희귀 불치병 캐고스미아로 만났던 사람. 그러나 이제는 제2의 전성기를 누리며 인기 절정에 도달한 사람.

그녀의 위력은 가히 폭발적이었다.

아직도 쌀쌀한 오전 10시 35분.

그녀를 태운 흰색 아우디가 그녀를 백화점 앞 도로에 내려놓자 바로 인파가 몰리기 시작했다. 그녀 다음에 내린 사람들 또한 행인들의 눈을 뒤집어 놓았다. 최고의 인기를 구가하는 은나래와 우영자, 그리고 민유라였다.

"손윤희다."

"은나래하고 우영자도 있어."

"와아아."

찰칵찰칵.

함성과 함께 핸드폰이 불을 뿜었다.

그녀들의 방문 소식이 전해지자 백화점 간부들도 뛰어나왔다. 그러나 그녀들의 눈에는 강토만 보였다.

"이모님."

강토가 손윤희 앞으로 나왔다.

"강토 씨."

명랑한 은나래가 강토를 허그했다.

"얘, 너 찬물도 위아래가 있지. 감히 내 앞에서 새치기?"

손윤희가 애정 어린 군기를 잡는다.

"죄송해요. 그래도 강토 씨가 좋은 걸 어떡해요? 내 인생 향수를 만들어 주신 닥터 시그니처."

은나래는 강토를 허그한 팔을 풀지 않았다.

"늦어서 미안, 닥터 시그니처."

손윤희가 강토에게 예의를 갖추었다.

"아닙니다. 가시죠. 제가 안내하겠습니다."

강토가 전시실 쪽을 가리켰다.

"회장님."

잠시 후에 플로어 매니저가 회장실 문을 열었다.

"뭔가?"

"그림 전시장 말입니다. 한번 내려가 보시죠."

"전시장?"

박광수가 일어섰다.

땡.

엘리베이터 문이 열렸다. 하지만 박광수는 내리지 못했다.

그는 눈을 의심했다. 전시장 입구는 물론이고 에스컬레이터와 엘리베이터 앞까지 막혀 버린 것이다. 인파, 인파였다.

"……?"

박광수의 눈은 본능적으로 명품관으로 향했다. 그는 사업가다. 솔직히 전시회보다는 그로 인한 명품관의 매출이 더 중요했다.

명품관 또한 발 디딜 틈이 없었다. 더구나 열기가 용광로였다. 단순히 윈도쇼핑을 하는 게 아니라 계산대 앞이 북새통을 이루고 있었다. 그중에는 유명인 손윤희와 은나래 등도 있었다. 그들 주변으로 팬들이 보이지만 중국인으로 보이는 구매 고객들이 더 많았다.

이틀 동안 파리만 날리던 전시회였다.

날씨 때문에 고객도 뜸하던 매장이었다.

그래서 속이 쓰리던 박광수…….

'대체…….'

그 이마에 식은땀이 돋을 때 플로어 매니저의 목소리가 귀를 타고 들어왔다.

"회장님, 전시회도 명품 매출도 초대박입니다."

＊　　　　＊　　　　＊

"독특한 벨벳 소재에 그림을 그리게 된 동기는 무엇일까요?"

할아버지는 대표작 앞에서 여기자와 인터뷰를 하고 있었다. 서나연 기자였다. 그 주변에 몰려든 팬들과 중국인들이 무려 300여 명을 넘었다. 그들은 핸드폰을 꺼내 들고 기자보다 뜨겁게 그 장면을 담았다.

일부 팬들의 영상과 사진은 서나연의 그것보다 더 빨리 SNS 위에 올라갔다. 중국인들 역시 중국의 가족과 지인들에게 속보로 날렸다. 이 최초의 300여 명이 할아버지 전시회를 대박으로 만든 장본인들이었다.

「그림보다 향기가 좋은 전시회」

「향기 때문에 더 좋은 그림들」

두 가지 장점을 취향대로 받아들인 소문이 퍼져 나갔다.

이내 미술 전문 기자들이 오고 유명 유튜버들이 달려왔다. 손윤희와 은나래, 우영자 등이 마중물이 된 것이다.

하지만.

최고의 백미는 역시 향수였다. 그건 손윤희와 은나래, 우영자가 증명해 주었다.

"강토 씨."

은나래가 립스틱 세트를 흔들어 보였다.

우영자는 가방을 득템했다.

손윤희 역시 실크 스카프를 들어 보였다.

중국 관광단은 물론, 그녀들조차 향수에 홀렸으니 그림을 돌아본 후에 명품관으로 흡수(?)되었고 결국 지름신을 만나고 만 것이다. 이 부작용(?)은 그녀들의 팬들에게서도 확인되었다. 심지어는 여고생들까지 주머니 형편에 맞춰 립글로스나 립밤을 득템했으니 일부 코너의 상품은 오후가 되기도 전에 동이 나 버렸다.

또 하나의 부작용은……

많은 고객들의 한결같은 요청이었다.

"지금 풍기는 이 향수 주세요."

향수 매장 판매원들은 이 요청에 몸살을 앓을 지경이었다.

심리는 향수보다 오묘하다. 이 향수는 사실 몸에 뿌리기 좋은 향은 아니었다. 그러나 사람들은 희귀성에 약하다. 없다고 하니까 더 갖고 싶은 것이다.

다음 날은 더 대박이었다. 장규희 피디가 출동한 것이다. 거기에 엄청난 지원군이 왔으니, 바로 황남조 시인이었다. 1회 차에는 시인들이었고 2회 차는 그녀와 함께하는 봉사단이었다. 상류층 봉사단 멤버에는 백화점 회장인 박광수의 아내 심영화도 있었다.

"윤강토."

저녁 무렵 또 반가운 얼굴들이 왔다. 이번에는 아네모네 조향 팀이었다. 유쾌하를 필두로 오 팀장과 차 선생, 백 선생 등이었다. 관람객은 그때까지도 붐비고 있었다.

"와아, 반응 굉장하네?"

차 선생은 분위기에 압도되고 말았다.

"반응도 좋지만 이 향수… 강토 작품이야?"

오 팀장은 향수가 우선이었다.

"네."

"역시……."

감탄하는 일동을 할아버지에게 인사시켰다.

"졸작을 보려고 어려운 걸음 해 주시니 너무 감사합니다."

할아버지가 일동을 맞았다. 인사를 수없이 해도 밝기만 한 할아버지 얼굴이었다.

다음 날인 일요일.

백화점 앞에 진풍경이 연출되었다. 길고 긴 인파의 줄이었다.

—그 그림을 보면 쇼핑 본능이 생긴대.

—지름신이 강림한대.

—진짜?

—향수에 한 번 녹고 그림에 두 번 녹고 쇼핑에 세 번 녹는대.

SNS와 유튜버들의 입소문이 제대로 퍼진 것이다.

그림과 함께 지름신 향수를 체험하려는 인파가 백화점을 두 바퀴나 돌 지경이었다. 사업 수완 좋은 박광수도 맞불을 놓았다.

「명품관 15% 할인」

「전 품목 10% 할인」

납품 업체와 입점 업체의 부담 없이 백화점 책임하에 질러 버렸다. 그러자 명품관 이외의 매장도 고객으로 가득 차 버렸다.

매진.

매진.

상품들이 하나둘 동이 나기 시작했다.

"여보."

그 광경을 지켜보던 심영화가 박광수에게 의견을 냈다.

"왜?"

"내일이 전시 마지막이잖아요? 모레는 백화점 휴점이고."

"그렇지."

"강토 씨에게 말해서 한 주 더 연장하는 게 어때요?"

"한 주 연장?"

"보세요. 초대박이잖아요? 조금 전에 명품 매장 돌다 보니 물건 제대로 남은 데가 없더라고요. 중국 관광객들은 어디서 또 그렇게들 몰려왔대요?"

"중국뿐만이 아니야. 일본 관광객에 태국 관광객까지 가세하고 있어."

"그러니까 말이에요."

"틀렸어."

박광수가 고개를 저었다.

"왜요?"

"오전에 이 전무가 강토와 윤 화백에게 제의를 했는데 만든 향수가 내일까지밖에 안 된다는 거야."

"어머."

"그러니까 차라리 이렇게 반응 좋을 때 끊고 내년에 다시 하자더군. 그 친구, 조향 실력뿐만 아니라 사업 감각까지 있더라고."

"그 사이에 다른 데서 채 가면요?"

"그래서 일단 계약부터 체결했어. 명품관 향수 조달에 내년도 윤 화백 앙코르 전시 일정까지."

"그건 잘했네요."

"당신 덕이 커. 애당초 윤강토 다리 놔 준 게 황 시인이라고 했나?"

"네. 황 작가 어머니 향을 만들었거든요."

"시인협회에 한 1억 기부하고 황 작가에게 밥 한번 사. 요 며칠 사이에 우리 백화점 홍보가 굉장했거든. 중국과 일본까지 말이야."

"강토 씨는요?"

"따로 사례를 챙겨야지. 당신 생각은?"

"사례도 사례지만 윤 화백님 그림을 사는 게 어때요? 다는 몰라도 대표작 두어 개 사서 백화점 중앙에 걸어 두면?"

"오, 그거 좋은 생각인데?"

"그렇죠?"

"좋았어. 추진하도록 지시하지."

박광수의 표정은 흔쾌했다.

전시회 마지막 날.

정말이지 전시장이 미어터질 지경이었다.

「포근한 느낌의 벨벳 그림에 운치를 더하는 향수.」

「그림의 주제와 완벽한 어코드를 이루는 향수.」

이제는 해외 언론까지 나서서 취재를 나오게 되었다.

강토는 행복했다. 강토를 돌보느라 힘들었던 할아버지. 오랜만에 주인공으로 부각된 까닭이었다. 인터뷰하는 표정도 새 향수에 영감을 주었다. 생각나는 향 구상을 적어 두었다.

그림 구입에 대해 물어보는 사람도 늘었다. 백화점 매상도 오르고 있지만 할아버지 작품 완판도 걱정하지 않아도 될 것 같았다.

그런 할아버지에게 몹시 반가운 사건이 터졌다.

그 일은 점심시간을 지나면서 일어났다.

백화점 고객이 많아지는 시간이라 더 많은 행렬이 밀려들 때였다. 강토 눈에 굉장히 낯익은 사람이 들어왔다.

"어?"

강토가 고개를 들었다.

"왜?"

옆에서 듣던 상미가 물었다.

"저분⋯⋯."

강토 시선이 한 중국 남성에게 꽂혔다.

그 사람이 분명했다. 중동에서 할아버지 그림에 더불어 약재와 향신료 등을 취급하던 중국 무역상 곽파오.

"곽 대인님."

강토가 먼저 소리쳤다.

"윤강토."

군중 속에서 그가 손을 들었다. 강토의 짐작이 맞은 것이다.

"여긴 어떻게?"

강토가 중국어로 물었다.

"방송에 나오는 그림을 봤지. 한눈에 알겠더라고."

곽파오는 당연히 중국어였다. 그는 강토에게 중국어를 가르친 사람이었다.

"진짜요?"

"그럼. 그래서 바로 비행기표를 샀지. 윤 화백님은?"

"저쪽에서 인터뷰를 하고 계세요."

"으아, 이게 얼마 만인지……."

곽파오는 기대로 가득한 얼굴이었다.

"할아버지, 반가운 손님이 오셨어요."

인터뷰가 끝나자 강토가 곽파오를 가리켰다.

"곽 대인."

"윤 화백님."

둘은 마치 오랜 연인이 만나듯 반갑게 끌어안았다. 둘의 언어 또한 중국어였다.

"아이고, 윤 화백님은 나이를 거꾸로 드시나? 아직도 그대로네요?"

"내가 할 말이야. 곽 대인은 원래도 좋은 것들 챙겨 먹더니 회춘하셨네?"

"아무튼 너무 반갑습니다."

"그러게. 죽지 않고 살아 있으니 이렇게 만나는구만."

"죽기는 왜 죽습니까? 그림 보니 이제 진짜 전성기인 모양인데? 이야, 터치가 신의 손길 같지 않습니까?"

그의 시선이 그림으로 향했다.

"아, 이 향… 이래서 중국 방송에서도 대서특필이었구나."

인사가 끝나자 향수 감상에 들어간다. 향신료도 취급하던 사람이기에 향수에도 전문가적인 식견이 있는 사람이었다.

"이걸 강토가 만들었다고?"

곽파오가 강토를 바라보았다.

"네."

"그게 말이 돼?"

곽파오가 울상이 된다. 그는 알고 있다. 강토가 후맹에 가깝다는 걸. 오죽하면 진짜 웅담까지 동원해 강토의 코를 뚫어 주려 했었다. 그런 강토가 향수를? 그것도 국제적으로 방송을 탈 정도로 기막히게?

"말이 되냐고? 향수는 후각이 좋아야 만드는 거 아니야?"

질문이 꼬리를 문다. 그가 예멘에 있을 때 향수 관련자들도 많이 만났다. 예멘에서 나는 몰약과 유향에 더불어 중동 특산의 향신료도 많이 취급했기 때문이었다.

"제 후각, 정상으로 돌아왔거든요."

"정말?"

"지금 뿌린 향수 조 말론이죠? 리모넨에 알파—아이소메칠아이오닌, 제라니올, 리날룰, 시트로넬올, 쿠마린 등이 들었어요. 청량하고 시원한 느낌이라 요즘 같은 겨울보다 여름에 잘 어울리는⋯⋯."

"억."

곽파오가 비명 소리를 냈다. 이 향수는 곽파오가 애정 하는 향수다. 그러나 딸은 싫어한다. 한국에 간다고 하니 겨울 향수를 뿌리라는 걸 똥고집을 부려 가져온 것. 그 구성 노트를 좔좔 읊어 대니 기가 막힐 뿐이었다.

그러다 문득 그의 시선이 명품관으로 쏠린다. 그 입구에서 풍겨 오는 향을 맡은 것이다.

"구경하시고 오세요."

강토가 그 등을 밀었다. 이 향수에 취하면 약도 없다. 닥치고 질러야 카타르시스를 느낀다. 30분 후에 나온 곽파오의 볼은 벌겋게 상기되어 있었다. 양손에는 쇼핑백이 가득했다. 강토의 향수는 전시회 끝날 때까지도 제대로 작동하고 있었다.

하지만.

곽파오는 아직도 만족스럽지 못했다. 그의 걸음이 멈춘 곳은 할아버지의 대작 「아라비안 24계」의 앞이었다.

"윤 화백님."

"응?"

"이 그림 나한테 파시오."

그의 지름신은 아직도 진행형이었다.

10여 년 만에 만난 중동의 지인. 동시에 만물상이기도 한 곽파오. 할아버지 마음 같아서는 그냥이라도 주고 싶은 지인.

할아버지는 난감했다. 이 그림을 사겠다는 사람이 셋이나 되기 때문이었다.

이것만은 할아버지와 강토의 실수였다. 전시를 진행하는 동안 계약을 진행하지 않은 것이다.

"곽대인."

"스푸마토 기법 맞죠? 다른 그림도 그렇지만 이게 압권이군요. 제가 그림 좋아하는 상하이 최고의 재벌 추첸화를 압니다. 그에게 넘겨 윤 화백님의 매력을 중국 미술 시장에 널리 알리겠습니다."

"당신이라면 믿지요, 그 능력."

"그러니까 두말 마시고 주십시오. 조금 전에 그쪽 의향도 확인했습니다. 적어도 100만 위안까지는 문제없습니다. 제가 중개비 먹을 것도 아니고요."

"100만 위안?"

할아버지와 강토가 소스라쳤다. 100만 위안이면 무려 2억에 가까운 돈이었다.

"하지만……."

할아버지가 난감해할 때 강토가 나섰다.

"곽 대인님."

"어떠냐? 큰돈은 아니지만 할아버지 그림값으로는 적당할 것 같은데?"

"할아버지를 챙겨 주시니 감사합니다. 그런데 그 그림은 이미 세 분이나 타진을 해 오셨습니다."

"예약이 되었단 말이야?"

"예. 그러니 다른 그림으로 갈아타시면 어떨까요? 다른 것들도 의뢰가 들어오긴 했습니다만⋯⋯."

"대체 얼마에 예약이 되었다는 건가?"

"가격은 곽 대인님이 제시한 것과 비슷하지만 미리 얘기가 나온 것이니⋯⋯."

"그렇다면 방금 제시한 가격에 두 배를 받아 주겠네."

"네?"

"두 배. 그러면 되겠나?"

두 배라면 200만 위안. 한화로 대략 3억 7천만 원에 가까웠다.

"대인님, 돈 때문에 그러는 것이 아니라⋯⋯."

"나도 돈 때문에 그러는 것이 아니야. 추젠화 회장은 상하이 미술계에서 큰손으로 통하네. 뉴욕 화랑의 작품도 엄청나게 빨아들이고 있지. 우리 윤 화백님도 이름은 들어 봤을 거야."

곽파오가 할아버지를 바라본다. 할아버지는 끄덕 고갯짓으로 동의를 표했다.

"솔직히 내 생각 같아서는 무조건 추 회장에게 넘기는 것이 좋네. 그의 컬렉션 목록에 올라가면 중국 화상(畵商)은 물론 국제 화상들에게도 큰 주목을 받게 될 테니까."

곽파오의 열변은 멈추지 않았다.

그는 사업 수완과 신용이 좋았다. 그렇기에 중동에서도 내전 지역조차 누비고 다녔다. 그건 체취로도 확인되었다. 사기나 과시, 혹은 위선이 아니었다. 분위기가 진솔한 것이다.

"허어, 처음에 사겠다는 분과 계약을 체결하지 않은 게 실수로구나. 이렇게 되면 여러 사람에게 실수를 하게 되는 건데……."

할아버지가 한숨을 쉬었다.

"할아버지는 누구에게 그림을 넘기고 싶으세요?"

"네가 정하거라. 어차피 이 전시회를 따낸 사람은 너야. 게다가 그림에 향까지 먹였으니 공동 제작인 셈이고……."

할아버지의 전격 위임이 나왔다.

「아라비아의 24계」

이 그림에 대해 구매 의사를 밝힌 사람은 셋이었다.

1) 손윤희 여사 소속사 최경동 대표
2) 대오건설 이호중 사장
3) 금란백화점 박광수 회장

그림값에 대한 제시액은 1억 원과 8천만 원 등이었다.

할아버지는 박광수나 최경동을 고려하고 있었다. 박광수는 전시 기회를 주었으니 그랬고 최 대표는 손윤희를 고려했다. 게다가 첫 번째로 들어온 제의이기도 했다.

강토가 잠시 생각에 잠겼다.

이제 곽파오까지 네 명이 된 초대작의 구매 희망자들.

누구로 낙점해야 할까?

잠시 숨을 고른 강토, 마음의 결정을 내리고 손윤희 여사의 번호를 눌렀다.

손윤희 쪽에 낙점일까?

*   *   *

"이모님, 저 강토입니다."

차분하게 인사를 한 다음에 선후 설명을 했다.

"죄송하게 되었습니다."

손윤희 소속사 최 대표를 후보군에서 삭제했다.

다음으로 이호중 사장의 비서실에 전화해 양해를 구했다.

마지막은 박광수 회장, 그는 가까운 곳에 있으니 직접 찾아갔다.

"윤강토."

박광수의 반응은 전격적이었다. 그는 애당초 1억 원의 금액을 제시하고 있었다. 할아버지의 그림값으로는 좀 후한 편이었다. 더구나 전시의 인연이 있으니 당연히 자기 몫이 되리라 생각하던 차였다.

"중국 사람이 200만 위안까지 배팅했다고?"

"예."

"그렇다면 나도 그 돈을 내겠네."

"회장님."

강토의 설명은 메탈릭 노트처럼 광택 나게 이어졌다.

"꼭 돈 때문에 그러는 것이 아닙니다."

"……?"

"회장님은 이번 성공에 고무되어 그 그림을 기념으로 백화점에 진열하겠다고 하셨습니다. 너무 고마운 일이지요. 하지만 꽉 대인이 가져가면 할아버지 그림은 세계의 그림 시장에 뛰어들 기회를 갖게 됩니다. 우리나라나 할아버지 입장에서 어느 것이 더 바람직할까요?"

"……."

박광수의 의지가 바로 주저앉았다.

백화점에 두면 백화점 이상의 가치는 창출하지 못한다. 그러나 중국으로 가면 국제적인 이목을 끌 기회가 될 수 있었다. 무엇보다 그쪽은 윤종범의 가치를, 박광수보다 세 배는 높게 보았다. 강토가 그 팩트를 주지시킨 것이다.

"자네 생각이 옳네."

박광수가 수긍을 했다. 그는 역시 감각이 있는 사업가였다.

"죄송하지만 회장님은 이 그림 중에서 구매하시면 어떨까요?"

강토가 남은 두 개의 그림 사진을 내밀었다. 그 또한 80호짜리 대작들이었다.

"그래야겠군. 자칫 완판이 되기 전에. 아, 하지만 저녁은 내가 내네."

박광수가 웃었다. 사람을 매혹시키는 향처럼 강토의 수완도 놀라웠으니 남은 그림 하나를 그에게 안긴 것이다. 이제 남은 건 한 작품뿐이었다.

"곽 대인님."

가뜬하게 교통정리를 한 강토가 전시장으로 돌아왔다.

"어떻게 되었나? 이쪽 상황을 전했더니 추젠화 회장은 300만 위안도 괜찮다고 하시네."

"이렇게 전해 주세요. 그림은 곽 대인님과의 인연을 고려해 200만 위안에 넘겨 드린다. 다만 남은 그림 하나를 같이 구매해 달라."

"접수하겠네."

곽파오가 강토의 딜을 받았다. 이렇게 전시회의 대미를 장식하는 곽파오였으니 강토는 곽파오에 대한 고려와 실속을 동시에 챙겼다.

폐점 시간이 되자 박광수가 내려왔다. 그의 아내 심영화도 함께였다.

"수고 많으셨습니다."

그가 할아버지를 치하했다.

"윤강토."

강토에게는 허그를 퍼붓는다. 심영화도 그랬다.

1주일간의 향수 비용으로 1억 원을 받았다. 백화점은 평소 매출의 8배에 해당하는 신기록을 세웠다. 박광수가 흥분하지 않을 수 없는 기록이었다.

"아버님."

작은아버지 부부도 꽃다발을 들고 왔다. 강토 것도 있었지 만 모두 할아버지에게 안겨 주었다. 이 전시회의 주인공은 할 아버지였다.

그 뒤로 방 시인이 들어섰다. 그녀도 두 개의 꽃다발이었다. 이번에도 강토 것은 역시 할아버지에게……

"자, 갑시다. 오늘은 제가 무한대로 쏩니다."

할아버지가 목청을 높였다. 이번 전시회 기간에 팔린 그림 의 금액만 10억여 원에 가까웠다. 곽파오 쪽에서 나온 4억 이 상의 금액이 결정적이었다.

상미, 다인, 준서와 함께 마무리를 할 때 마지막 손님이 찾 아왔다. 3인 전시회에서 할아버지를 삭제시킨 에이전시의 대 표와 큐레이터였다.

"윤 화백님, 죄송하게 되었습니다."

큐레이터는 다짜고짜 사과부터 했다. 그런 다음에 같이 온 대표를 소개했다.

"전시회가 성황이었다고요? 축하드립니다."

"……."

할아버지는 떨떠름하게 대표의 악수를 받았다.

"실은 지난번 전시회에 큰 착오가 있었지 뭡니까? 저희가 교체하려던 화가는 윤 화백님이 아니고 정 화백이었는데 실무자들이 착오를 해서……."

"……."

"그 실무자는 제가 사표를 받았고 그걸 확인 못 한 우리 이 큐레이터도 책임이 있는 것 같아서 사과차 데리고 왔습니다."

"……."

"그래서 죄책감이 있던 차에 개인전이 성황으로 끝났다는 말에 조금이나마 위로를 얻었습니다. 역시 내공이 깊은 분은 다르시군요."

"대표님."

듣고 있던 할아버지가 입을 열었다.

"말씀하십시오, 윤 화백님."

"제가 기다리는 사람들이 많아서요, 결론만 말씀해 주시면 고맙겠습니다."

"아, 예……."

주변을 돌아본 대표가 본론을 꺼내 놓았다.

"지난번의 실수도 있고 하니 빠른 시간 안에 제가 직권으로 개인전 한번 만들어 드리겠습니다. 그림값도 소품은 호당 최하 40만 원부터, 대작은 30만 원으로 시작하게 해 드리고요."

"갑자기 대우가 과하십니다."

"아닙니다. 이번 전시회로 주목을 받았으니 당연한 일입니다."

"그럼 저기 200호짜리 그림이라면 얼마나 받을 수 있을까요?"

할아버지가 아라비안 24계를 가리켰다.

"저 정도면 5000만 원 이상 보장하겠습니다."

"저 그림은 상하이의 추젠화라는 분이 약 4억에 예약하셨습니다만."

"얼마라고요?"

"약 4억."

"게다가 상하이의 추젠화요?"

"제의는 고맙지만 국내 스펙이 모자라는 벨벳 소재 화가인 제가 관장님과 격이 맞겠습니까? 나중에 제 격이 조금 더 올라가면 그때 찾아뵙겠습니다."

가벼운 인사와 함께 할아버지가 대표를 지나쳤다.

사—이—다.

민트처럼 속 시원한 청량감이 강토 심장 속에서 분수처럼 터졌다. 최고의 마무리였다.

"자, 대박 난 전시회, 그리고 그 주인공 윤종범 화백님을 위하여."

박광수가 건배사를 했다.

"윤종범 화백님을 위하여."

뒤풀이에 참석한 사람들이 일동 합창을 했다.

백화점 라운지의 레스토랑이었다. 폐점을 한 가운데 특별한 자리를 마련한 박광수였다.

"화백님, 한 말씀 하셔요."

방 시인이 할아버지를 부추겼다.

"그러세요."

강토도 지원사격에 가세한다.

"쑥스럽게……."

할아버지가 목덜미를 긁으며 일어섰다.

"솔직히 말해서 다 여러분 덕분입니다. 지명도도 약한 그림쟁이에게 명당을 내주신 박 회장님, 그리고 좋은 기사 써 주신 서 기자님, 장 피디님, 나아가 내 그림에 향이라는 힘을 실어 준 우리 강토… 느닷없이 나타나 거액의 배팅을 해준 곽파오 대인까지 모두 모두 고맙습니다."

짝짝.

할아버지 인사가 끝나자 긴 박수가 이어졌다.

"다음으로 우리 닥터 시그니처도 한마디 해야지?"

방 시인의 화살이 강토에게 향한다.

"맞아요."

이번 지원사격은 다인과 상미가 맡았다. 타이밍까지 좋으니 강토도 대충 넘어가지 못했다.

그런데.

자리에서 일어선 강토는 답사 대신 향수병을 꺼내 들었다.

치잇.

스프레이를 누르며 테이블을 한 바퀴 돌았다.

"어머?"

가까이 있던 심영화와 황남조가 먼저 군침을 삼켰다. 그게 신호였다. 모두가 군침을 삼키며 긴장을 풀고 있었다. 심지어는 할아버지조차도.

"맛있는 디저트를 상상하게 하는 향이에요."

서나연 기자가 입맛을 다시며 물었다.

"맞습니다. 주연의 인사말이 끝났으니 조연의 인사말보다는 즐겁게 먹는 게 최고죠. 식욕을 기분 좋게 돋우는 향으로 인사를 대신했습니다."

"그러고 보니 겔랑 향수에서 이런 향을 맡은 것도 같아요."

서나연이 아이패드 화면을 넘기기 시작했다. 추출실의 위험도 불사하던 취재 본능의 서나연. 과연 아는 것도 많았다.

"겔랑의 전성기 때 나온 향수들은 디저트 향이 베이스로 깔린 경우가 많죠. 그 특성에 싱그러운 우디 향을 입혔습니다. 수고하신 여러분 입맛 좀 땡기라고요."

"아, 이러면 몸매 관리 위험해지는데?"

서나연이 이마를 짚는 사이에 요리가 나오기 시작했다.

"많이들 드십시오. 오늘 요리는 무한 리필입니다."

박광수의 권유와 함께 식사가 시작되었다.

"강토, 한잔 받아라."

박광수와 잔을 나눈 할아버지가 병을 집어 들었다. 그 술을 받아 마시고 박광수를 비롯해 곽파오와 작은아버지에게 술을 돌렸다. 방 시인과 서나연, 상미와 다인, 준서 등도 빼놓지 않았다. 모두가 도와주었기에 가능했던 전시회였다.

"향수 잘 부탁하네."

헤어지기 직전에 박광수가 한 번 더 강조를 했다. 강토의 향수에 완벽하게 빠진 박광수. 그렇기에 어떻게든 빨리 향수를 받고 싶을 뿐이었다.

"내년 설날부터 쓸 수 있도록 차질 없이 할 테니 걱정 마세요."

박광수와 곽파오를 보내고 차에 오르기 전, 할아버지가 상미와 다인, 준서에게 알바비를 챙겨 주었다. 셋은 자원봉사라고 맞섰지만 할아버지 고집을 당할 수 없었다. 봉투는 각 50만 원을 담았다. 강토는 못 본 척했다. 안 받겠다는 옴니스도, 주겠다는 할아버지도 다 마음에 들었기 때문이었다. 덕분에 차가운 밤바람도 춥지 않았다.

"좀 앉아라."

집으로 돌아오자 할아버지가 자리를 권했다. 남은 향수와 재료를 다락방에 내려놓은 강토가 테이블의 의자에 자리를 잡았다.

"우리끼리 한잔 더?"

"좋죠."

강토가 콜을 받았다. 할아버지는 억대 작가의 기쁨을 잊은 듯 앞치마를 둘렀다. 그사이에 강토는 막걸리를 공수해 왔다.

"나 참."

강토 잔에 막걸리를 채워 준 할아버지가 피식 웃었다.

"왜요?"

"아무리 생각해도 신기해서 그런다. 우리 강토 발전 속도 말이야."

"내가 뭐요?"

"조향을 고집하길래 취직이나 될까 걱정했는데 이건 뭐… 당장 하우스인지 공방인지 차려야 하는 거 아니냐? 내가 볼 때 저 다락방 가지고는 안 돼요. 방 여사나 네 작은아버지 생각도 그렇고……."

"걱정 마세요. 제가 다 계획이 있거든요. 뉴욕에 다녀온 후에 향 전문 하우스 열 거예요."

"어디다?"

"몇 군데 알아보고 있어요."

"그거 말이다, 이 할아비가 내주마."

"네?"

"오늘 그림값이 엄청 들어왔지 않냐? 어차피 네 덕분에 들어온 돈이니 네 창업에 보태자. 말하자면 투자라고나 할까?"

"안 돼요."

강토가 선을 그었다.

"왜?"

"뉴욕 일이 잘되면 투자받아서 할 거예요."

"투자? 누가?"

"뉴욕이 끝나 봐야 알죠. 거기서 호평을 받으면 할아버지처럼 일약 부각될 수 있거든요. 뭐 안 되면 몇몇 분 바짓가랑이 붙잡을 거고요."

"그러니까 내 바짓가랑이는 안 붙잡는다?"

"쉽게 시작하면 쉽게 무너진다. 그거 할아버지 지론 아니에요? 그러니까 할아버지 돈은 마음만 접수할게요."

"허어, 이놈이 이제 아주 할아비를 가르치려고 구네?"

"성공할 사람은 청출어람 해야 한다면서요?"

"어이쿠, 말이나 못하면."

"그러니까 그 돈은 할아버지 인생에 재투자하세요. 그도 아니고 섭섭하면… 아까 보니까 곽파오 아저씨 만나러 간다고 약속하던데 거기나 데려가시든가 아니면 예멘 소코트라 섬에 갈 때 제 경비 좀 대 주시고요."

"당장 갈까?"

할아버지가 전격 반응 했다.

"당장은 뉴욕이 먼저잖아요."

"아, 그렇지."

"더 당장은 잠이네요. 며칠 피로가 쌓였을 텐데 오늘은 편안하게 주무세요."

강토가 잔을 들어 보였다. 노인에게는 잠이 공진단이나 경옥고보다 보약이다. 그 또한 할아버지의 지론이었다.

후맹 윤강토.

이 해의 시작까지는 그랬다.

하지만 이 해의 마지막은 달랐다.

금란백화점의 역사를 다시 쓰고 할아버지의 이름까지 화단에 알린 감격의 반전.

그 감격을 안고 새해로 넘어갔다.

이제 사회인으로 새 출발.

뉴욕에서 서구 조향계에 도전장 날리기.

향 전문 하우스 창업.

이제.

이제…….

모든 것이 이제부터였다.

제3장

—

반전의 뉴욕

"아우, 짜다. 비즈니스석 정도 잡아 주지."

인천공항 탑승구 앞에서 제이미가 오 팀장에게 애교를 떨었다.

아네모네의 뉴욕 원정.

총괄 유쾌하를 비롯해 스태프 10여 명이 전부 이코노미를 끊은 것이다. 그렇기에 동반 조향사인 강토와 제이미 역시 이코노미 당첨이었다.

"죄송해요. 회사에서는 비즈니스를 고려했는데 유 실장님이 거부했어요. 정치인들처럼 편하게 외유 가는 게 아니고 개척이라고……."

"그거야 알죠. 하지만 뉴욕 플라잉이 몇 시간인데… 우리 윤강토처럼 젊은 피라면 몰라도."

제이미가 슬쩍 강토를 물고 늘어진다.

"강토 씨, 미안."

오 팀장이 강토에게 손을 들어 보였다. 강토는 담담하게 웃어넘겼다. 뉴욕이 중요하지 좌석 등급이 중요한 게 아니었다.

새해가 밝았다.

강토에게는 진정한 새 출발의 해였다. 향수의 본고장이라는 서구로 가는 것이다. 그렇기에 뉴욕이라는 배경 외에 무엇도 상관이 없었다. 설령, 입석으로 간다고 해도.

아네모네의 이벤트는 버그도프굿맨 백화점으로 결정이 되었다. 뉴욕의 맨하탄, 즐비한 백화점 중에서도 명품으로 유명한 곳이었다.

"쫄았냐?"

어젯밤 잠들기 전, 할아버지가 강토에게 물었다.

"내가 왜 쫄아요? 뉴욕이 쫄아야죠."

강토의 답이었다.

이 긍정은 할아버지의 특허 유전자였다. 남들에게는 미개척지였던 중동, 그것도 벨벳을 캔버스로 쓰는 유화. 그 낯선 곳으로 날아가면서도 할아버지는 쫄지 않았다고 한다. 할아버지에게 사막은 먼저 떠난 할머니를 잊기 위한 도피처가 아니었다. 그곳에서 신세계를 개척하고 인생을 즐긴 것이다.

"잘 다녀와라."

격려하러 온 작은아버지가 봉투를 꺼내 주었다. 안에 든 돈은 3,000불이었다.

어떻게 알았는지 손윤희와 박광수, 은나래도 장도 봉투를 보내 주었다. 심지어는 옴니스 멤버들도 300불이나……

대박.

졸지에 주머니가 두둑해졌다.

"아네모네도 향수는 미국이 처음이죠?"

어제를 더듬는 사이에 제이미의 목소리가 들려왔다.

"그런 셈이죠."

오 팀장이 답했다.

"이번에 콘셉트는 잘 잡은 거 같아요. 한국적인… 내가 할리우드 스타들 많이 알잖아요? 지금 BTS가 K팝으로 미국을 휩쓸고 있으니 타이밍도 기막혀요. 내 작품도 한국 야생화 영감과 코드를 맞췄고요."

"네……"

"오 팀장님 향수도 우리 야생화 향이 주제라면서요?"

"애는 써 보았어요."

"아유, 겸손 안 해도 돼요. 이번에 분명 대박 날 거예요."

"그랬으면 좋겠네요."

"당연하죠. 내가 이 향수 의뢰받고 최근 5년간의 미국 코스메틱 이슈를 체크해 봤거든요? 그랬더니 올해가 향수의 흐름

이 바뀌는 해더라고요. 시트러스─플로럴─아쿠아틱─오리엔
탈─내추럴… 올해는 누가 뭐래도 오리엔탈의 해예요."

"네……."

오 팀장의 대답과 함께 안내 방송이 흘러나왔다.

"뉴욕행 대한항공, 탑승 시작합니다."

먼저 탑승하려던 제이미가 다른 사람들의 반응에 어깨를
으쓱해 보였다. 그녀는 밀리언 마일러 클럽 회원이라 먼저 탈
자격이 있기 때문이었다.

강토 좌석은 창가의 윈도우 시트였다. 가방을 선반에 올리
고 자리를 잡았다.

"오, 내가 우리 닥터 시그니처 옆이네?"

유쾌하가 옆자리에 앉았다. 탑승 직전까지도 회사 수뇌부
와 통화하느라 바쁘더니 이제야 끝이 난 모양이었다.

비행기는 만석이었다.

코로나 19, 그 꿀꿀하던 날들.

기약 없는 방구석 콕이 계속되자 여행이 그리운 사람들은
목적지도 없이 비행기를 탔다. 그걸 타고 영공을 한 바퀴
돈 후에 제자리로 돌아오던 비행기들. 코로나의 위세가 떨어
지면서 각국이 국경을 열자 사람들은 이내 과거를 잊었다. 만
석을 채운 사람들 표정 속에 더 이상 코로나의 어두운 그림자
따위는 없었다.

─승객 여러분, 우리 비행기는 곧 이륙합니다.

안내 방송이 끝나자 비행기가 활주로로 나갔다. 약간의 소음과 함께 비행기가 잠시 멈췄다. 비행을 위해 숨을 고르는 것이다.

어떻게 보면 지금의 강토와 같았다. 이제 곧 날아오를 것이다. 저 뉴욕 땅에서.

가아아앙.

비행기가 가속을 붙이기 시작했다. 오래 걸리지 않았다. 바닥을 차는 듯한 느낌이 오더니 가뜬하게 떠올랐다.

"뉴욕에 가 본 적 있어?"

안전벨트 사인이 나오자 유쾌하가 벨트를 풀며 물었다.

"아뇨."

"향수 출시 기념 파티 같은 건?"

"없죠."

"우리가 빌린 장소가 여러 명품 향수 회사의 대표 조향사들이 작품을 발표하던 곳이야."

"네……."

"이 주 전에는 장 끌로드 엘레나의 수석 제자 세 사람이 발표회를 가졌고."

"……."

"수많은 반향을 불러일으켰지. 한번은 거기서 소개된 향수가 무려 20만 병이나 예약된 적도 있다고 하더군."

"……."

"부담돼?"

"아니, 괜찮습니다. 그 사람들은 그 사람들이고, 저는 저니까요."

"역시……."

"……."

"내가 할 말도 그거였어. 장 끌로드 엘레나의 수석 제자들. 장담컨대 거기서 발표한 향수의 절반 이상은 비하인드 향수 고수들의 작품이었을 거야. 표면에 나선 발표자들의 의뢰를 받은… 그게 서구 조향계의 루틴이니까."

"……."

"그들은 요구만 하면 되지. 시베리아 벌판에 함박눈이 내릴 때 지평선 위로 솟아 오는 주황빛 아침 햇살 같은 향을 만들어 오세요. 잠자리 날개에 떨어지는 햇살처럼 나른한 향이 필요해요. 두툼한 달러 다발과 함께 말이야."

"……."

"뭐 따져 보면 우리도 같은 전법이야. 아네모네의 멤버만으로 모자라 강토와 제이미 등에게 외주를 주었으니까."

"……."

"굳이 미화를 하자면 우리는 연합군이랄까? 힘이 부족하니 뭉쳐야 했고, 뭉쳤다는 사실을 감출 것도 없으니 강토와 제이미가 동행을 하는 거지."

"표현이 재미나네요. 연합군."

강토가 웃었다.

그래도 생각은 달랐다. 향수는 예술이다. 숫자가 위안이 될 수 없다. 숫자보다 천재성이 필요한 곳이 조향계였다. 천재 하나가 억만 대군을 물리치는 곳. 그게 바로 향수의 세계니까.

14시간은 길었지만 강토에게는 그렇지 않았다.

유쾌하가 가져온 자료 덕분이었다.

에스테르 쪽이었다.

폭풍 파인애플 향으로 불리는 1% 알릴아밀글리콜레이트는 얼마나 매력적인가?

하지만 더 매력적인 건 그 뒤에 있었다.

「살리실산벤질」

고전적인 향수에 다용되는 향료다. 이 냄새 분자를 맡을 수 있는 사람은 많지 않다. 그러나 들어가고 안 들어간 차이는 명백했다. 그 스스로는 그리 특징적인 향이 아니지만 플로럴 노트를 풍성하게 만드는 데 탁월했다. 강토의 작품에도 극미량 들어간 그 향료. 지금쯤 어떤 맛으로 농익었을지 궁금했다.

다음은 1779년부터 망라된 분자구조 파일이었다. 분자구조야 화학 전공 때 지긋지긋하도록 들었지만 이렇게 체계적으로 망라된 걸 보면 즐거웠다.

1779년.

왜 하필 이때가 기준이 된 걸까?

바로 인류가 연금술이라는 발상을 내려놓고 현대 화학의 개념을 사용하기 시작한 해였다. 이 파일에 담긴 분자 숫자만 해도 800만 개가 넘었다.

중간에 재미난 구간이 나왔다.

머스크와 시더우드의 냄새는 C 하나 차이로 바뀐다. 비슷한 분자는 있지만 똑같은 냄새는 없다. 그래도 가장 유사한 향을 꼽으라면 우디앰버. 이 향의 구분은 장 폴 겔랑이나 조 말론 정도는 되어야 한다. 물론 강토는 두말할 것도 없었다.

하늘 높은 곳에서 향료 자료를 보니 영감이 작렬했다. 신나게 메모를 한다. 만들고 싶은 향이 너무 많았다.

기내식 후에 잠깐 졸았다.

눈을 뜨니 3시간이 지나 있었다.

"안 잤어?"

유쾌하가 눈을 뜨며 물었다.

"금방 깼습니다."

강토가 답했다.

유쾌하가 아이패드를 열었다. 인물 리스트가 100여 개 떠올랐다.

"미국과 유럽의 향수 전문 기자, 칼럼니스트, 전문 유튜버, 뷰티 전문가, 그리고 각 향료 회사의 수석 매니저들과 특급 조향사들 목록이야."

"네……"

"이벤트에 발표할 12가지 향수 샘플들이 먼저 날아갔어. 지난주에 말이야."

"네."

"그래야 준비가 되거든. 저들의 관심을 미리 끌 수도 있고."

마케팅이다. 하다못해 학과 발표회 때도 1—2주일 전에 리플릿이나 팸플릿을 발송한다. 아네모네의 역점 사업이니 당연한 일이었다.

"샘플이 가는 데 걸리는 시간 등으로 보아 우리가 공항에 내릴 때쯤 슬슬 소감이 나올 것 같은데 말이야."

유쾌하가 강토를 돌아본다. 기대와 불안이 함께 담긴 눈빛이었다.

"혹시 스타니슬라스 박사님께도 보내셨나요?"

"당연히 보냈지. 왕복 비행기 티켓과 함께."

"그럼 뉴욕에서 뵐 수 있겠네요?"

"와 주시면 백만 대군이 되겠는데 말이야."

"기대됩니다."

"박사님도 긍정적으로 말하기는 하셨어. 자네를 대동할 거라고 하니 최고의 결정이었다고 하시더군."

"네."

강토 머리에 스타니슬라스가 떠올랐다. 아네모네로서는 야심찬 도전.

강토의 목표도 같았으니 모든 게 잘되기만을 바랐다.

―승객 여러분, 우리 비행기는 곧 뉴욕…….

비행기에서 착륙 안내 방송이 나왔다. 좌측 좌석에 포진했던 오 팀장과 제이미가 기지개를 켰다. 차 선생과 백 선생도 찌뿌둥한 몸을 펴며 긴장을 푼다.

덜커덩.

뉴욕.

마침내 바퀴가 활주로에 닿았다.

마중 온 차량이 주차장에서 나오는 동안, 강토는 보았다. 유쾌하와 오 팀장이 다투듯 아이패드 화면을 넘기는 걸. 두 사람의 표정은 그리 밝지 않았다.

"자, 뉴욕 정벌 시작하자고요."

차량이 보이자 제이미가 파이팅을 외쳤다. 그녀는 굉장히 고양되어 있었다. 그만큼 자신의 향수에 자신이 있다는 것이니 나쁘지 않았다. 기왕 여기까지 온 거, 강토는 모든 사람들의 향수가 뉴욕 조향과 뷰티계의 인정을 받기를 바랐다. 제이미뿐만 아니라 이창길의 향수까지도.

"……!"

입국심사를 마치고 나온 유쾌하의 표정이 다시 굳었다.

이벤트를 위해 마중 나온 현지 직원 두 명 외에 아무도 없었다. 하다못해 잡지사나 듣보잡 언론사의 기자들이라도 나올 줄 알았던 기대감이 무너져 내린 것이다.

[뉴욕 칼 도착, 뉴욕을 잘근 씹어 먹고 갈게요.]

[뉴욕 도착함, ㅋㅋ니들은 다 주거쓰.]

후웁.

뉴욕 냄새를 후각에 새기기 무섭게 할아버지와 작은아버지, 상미 등에게 문자부터 날렸다.

순간.

묘한 설렘 하나가 강토의 심장을 치고 갔다.

뉴욕.

강토 조향 역사의 진정한 시작이기 때문일까?

"……."

차량 안에서도 화면을 체크하던 유쾌하의 표정이 한 번 더 굳었다. 100여 명의 페이스북이나 트위터, 인스타그램 등의 소셜 계정을 모두 뒤져 본 후였다.

'듣보잡 취급이군.'

강토는 바로 감을 잡았다.

아네모네가 미리 선보인 100여 개의 샘플들. 100여 관계자들의 반응은 거의 없었다. 호평은 차치하고 악평조차 나오지 않았다. 그렇기에 야심 찬 뉴욕 이벤트에 취재진 비스무리한 사람들조차 나오지 않은 것이다.

"자자, 금강산도 식후경이라고 뉴욕까지 왔으니 허기부터 채워야지? 차 선생? 가성비 좋은 맛집 알아 놨지? 호텔에 짐 풀면 일단 먹고 시작하자고."

유쾌하는 태연한 척했지만 그의 체취에는 여유로움이 없었다.

위기.

강토의 시선에 뉴욕 거리가 들어왔다.

서구는 한국의 향수에 별 관심이 없다.

한국 조향사들을 크게 인정하지도 않는다.

그렇다면 저들의 반응은 당연한 거였다.

동시에 한편으로 의구심이 생겼다.

아네모네가 미리 보낸 샘플 향수에는 강토의 것도 들어 있었다. 대개 12개를 한 세트로 묶어 보냈다. 그렇다면 강토의 향수까지도 저평가를 받은 걸까?

그러고 보니 스타니슬라스 박사로부터의 연락도 없었다. 박사의 소셜 계정을 찾아 들어간다.

"……!"

거기도 아무 촌평조차 없었다.

스타니슬라스의 침묵에 강토도 살짝 불안해진다.

서구와 한국 조향의 멀고 먼 간극.

역시…….

그것 때문일까?

아니면…….

배달 사고로 향수를 못 받기라도 한 걸까?

*   *   *

유쾌하의 제의에도 불구하고 차량은 맨해튼의 5번가에 멈췄다. 저 유명한 버그도프굿맨 백화점 앞이었다. 검색을 하면 쇼핑센터라고도 나온다. 하지만 그건 착각이다.

"그래도 한번 보고는 가야죠?"

오 팀장이 유쾌하의 허락을 구한다. 미국의 반응은 남극 빙상처럼 차갑지만 그렇다고 지나칠 수 없는 과정이었다.

"좋아요. 까짓것 미국 향수 시장이 세면 얼마나 세겠어요?"

제이미가 먼저 내린다. 그녀의 자신감은 여전히 S급이었다.

"여기예요. 내일 영업시간이 끝나면 우리 이벤트로 세팅이 될 거예요."

오 팀장이 1층 중앙 이벤트 매장 앞에서 멈췄다. 이 이벤트를 위해 지난달에 미리 출장을 다녀간 오 팀장이었다.

장소를 돌아보고 호텔 체크인을 마쳤다.

일단 잠을 잤다.

샤워를 하고 나니 피로가 몰려온 것이다.

다음 날 아침, 피로가 풀리자 자유의 여신상을 돌아보았다. 리버티 섬이었다. 강물 냄새를 맡고 자유의 여신상 냄새를 맡았다. 뉴욕을 상징하는 것들의 냄새가 쌓이자 뉴욕에 대한 이

해도가 높아졌다.

이날 강토와 제이미는 자유였다. 유쾌하와 스태프들은 전략 회의로 바빴다. 강토가 도와줄 일은 별로 없었다.

그리니치 빌리지에 이어 엠파이어스테이트빌딩 냄새도 수집했다. 그런 다음, 뉴욕의 맛집 거리에서 요리의 향연을 즐겼다. 뉴욕에서 이름난 식당의 모든 맛을 수렴했다. 위장으로는 할 수 없는 일. 그러나 후각으로는 가능했다. 미슐랭 별 셋부터 하나까지. 지구상의 모든 요리가 모인다는 뉴욕의 맛을 만끽한 것이다.

하지만.

맛보다는 역시 사람이었다. 뉴욕을 활보하는 다양한 인종을 보니 재미난 영감이 왔다. 다양한 꽃을 하나로 승화하는 향수와 하나의 꽃을 다양하게 승화하는 향이었다. 세상의 모든 장미를 모아 장미 향을 만들면 어떨까? 그 미묘한 차이가 아름다운 어코드로 바뀌면?

좋다.

머리만으로 만든 향을 진짜처럼 음미하며 웃었다.

오후가 되자 휴스턴 스트리트의 남쪽으로 갔다. 소호를 보기 위해서였다. 소호는 창고만 남은 지역이었다. 이후에 예술가들이 이주하면서 특색 있는 거리로 변신했다.

강토가 보려는 건 골동품이었다.

혹시나 블랑쉬의 작품이 있을까?

소품을 파는 가게에서 향수 냄새가 났다. 척 맡아도 네임드가 아니다. 당연히 강토가 출동을 했다. 아마추어 조향사가 만든 아마추어 향이었다. 얼핏 맡으면 좋은 것 같지만 어코드가 엉망이라 금세 잡취로 변한다.

소용량 한 병에 30불.

싼 것도 아니니 관심을 가지는 사람도 별로 없다.

그곳을 돌아 진짜 향수 가게에 들렀다. 현지인과 관광객들이 몰려와 시향을 하고 있었다.

미국의 향수 매장은 한국과 달랐다. 규모가 그렇고 시향 분위기가 그랬다. 한국에서는 향수 매장에 들어서면서부터 과잉 간섭에 시달린다.

어떤 향수 찾으세요?

누가 쓸 건가요? 나이는요?

선물인가요?

아아, 제발 좀 내버려 두세욧. 쫄려서 시향도 제대로 못 하겠어요. 필요하면 내가 물어본다고욧.

뉴욕은 자유로웠다. 시향은 마음대로였고 블로터도 널널했다.

강토는 몇 발 너머에서 지켜보는 것으로 충분했다. 밀폐된 공간에 들어 있는 게 아니라면 매장 안의 모든 향을 감상할 수 있는 강토였다.

'역시······.'

조용한 미소가 나온다. 매장의 향수는 좀 진했다. 매콤하고 묵직하다. 한국이나 미국이나 진열된 향수는 거의 비슷하다. 네임드 회사의 것은 지구 공통이다. 그럼에도 한국과 차별이 되는 건 고객들이 주로 미국인과 유럽인이기 때문이었다. 시원하고 상큼한 향수를 좋아하는 사람도 있지만 서구인의 체취가 한국과 다르다 보니 한국보다는 진한 향을 선호하는 것이다.

"저기요."

관광객 발길이 끊기자 강토가 매장으로 다가섰다.

"찾는 향수가 있나요?"

매장 직원과의 영어 대화가 시작되었다.

"혹시 골동품 향수도 있나요?"

"없죠. 보다시피 우리는 최신 유행만 취급해요."

"다른 곳은 어떨까요?"

"브루클린에 가면 골동품 상점이 있는데 향수도 있는지는 모르겠네요. 하지만 필라델피아의 아담스 타운에 가면 확실히 있을 거예요."

"……."

어쨌든 인사를 남기고 나왔다. 다시 브루클린이다. 골동품 상점이 있기는 했다. 규모도 꽤 컸다. 고가구에서 식기, 도기, 생활 소품 등등… 분갑도 있고 오래된 향료도 있었지만 관리가 잘못되어 사용할 수 없는 것들이었다.

뉴욕 냄새만 질리게 맡고 호텔로 돌아왔다. 저녁 시간에는 미팅이 예정되어 있었다.

그때까지도 유쾌하와 오 팀장의 표정은 밝지 않았다. 테스트용으로 돌린 샘플의 반응이 아직 미덥지 않은 모양이었다. 차 선생과 백 선생은 보이지 않았다.

그래도 제이미의 자신감만은 강하게 불타고 있었다.

"유 실장님, 오 팀장님, 이것 좀 봐요."

제이미가 찍은 동영상이었다.

"브루클린 브릿지예요. 내가 지나가는 사람들 잡고 시향 테스트했는데 다들 끔뻑 죽더라고요."

동영상에서 반응이 나온다.

"와우."

"그뤠잇."

"엑설런트."

다양하고 재미난 반응이 나온다.

"기운이 나는데요?"

유쾌하가 답했다.

"그렇죠? 사람 코가 다 똑같아요. 우리 향수 이벤트 초대박 날 거니까 너무 긴장 마시고 저 제이미에게 보너스 안길 준비나 하세요. 제가 장담하는데 마지막 날 향수 경매 말이에요, 다른 사람은 몰라도 제 향수는 병당 500불 이상은 문제없을 것 같아요."

제이미의 자신감은 훨훨 날아가는 시트러스 노트보다도 더 높이 날고 있었다.

식사 후에 일동은 백화점으로 향했다. 이벤트 세팅 시간이었다. 후문으로 들어서자 이벤트 세팅을 지휘하고 있는 두 사람이 보였다. 차 선생과 백 선생이었다.

"실장님, 팀장님."

차 선생이 일행을 반가이 맞았다.

"강토 씨, 어때요?"

차 선생이 물었다. 이마에 땀방울이 소복했다. 이벤트 세팅은 더없이 멋졌다. 진열대는 크리스털을 보는 듯했고 작품별로 분리된 작은 섹션의 바닥에는 오색의 색동 습자지가 깔렸다. 그 옆이나 뒤로는 하트노트를 이루는 향료의 실물이나 사진, 영상 등을 배치했다.

강토의 작품은 오 팀장 것과 한 섹션에 전시되었다. 해와 달을 상징하는 소품 인형 등을 배치해 향에 대한 암시에도 충실을 기했다.

두 개의 타원형으로 구성된 이벤트장 중심에는 기둥이 있었다. 기둥에 고정된 대형 화면에서는 향수를 만드는 과정이나 주요 소재들이 최고 화질로 나오고 있었다. 음악도 맛깔나게 깔린다. 남은 건 BGM처럼 쓰일 BGP(Back Ground Perfume)인데 그건 12작품 향수가 번갈아 깔릴 거라는 설명이 나왔다.

12개의 New Perfumes.

크리스털 안에서 보석처럼 반짝이는 향수에 후각을 겨누었다.

유쾌하의 작품, 오 팀장의 작품, 그리고 차 선생과 백 선생 등의 아네모네 조향 팀의 작품… 그리고 제이미와 이창길, 강토 등의 외부 의뢰 작품들…….

So cool, So warm…….

열두 향수가 열두 개의 개성을 뽐내고 있었다. 시트러스와 프루티, 플로럴, 머스키, 그리고 우디… 나름의 인지도 때문인지 어코드나 안정성은 대략 나쁘지 않았다. 하지만 몇몇 향수는 밸런스가 좀 위태로웠다. 향수는 화학의 시면서 동시에 음악이다. 시라면 감동이 필요했고 음악이라면 주목성과 흥이 필요했다. 하지만 풍부하게의 Con espressione는 살짝 지나쳤고 우아하게의 Grazioso는 포인트의 품격을 살리지 못했다. 활기차게의 Mosso도 중구난방이다.

강토의 후각이 제이미의 향수에 닿았다. 꼭꼭 닫힌 마개지만 냄새 분자를 잡아내는 건 어렵지 않았다. 냄새 분자는 안개와 같다. 어떻게든 흔들리고 어떻게든 흩어진다. 병 입구와 마개 부위에 묻은 향 분자. 강토의 후각이라면 충분했다.

'털중나리꽃과 대청부채꽃…….'

오 팀장이 말했던 정보를 참고 삼아 그녀의 하트노트를 빨아당겼다. 털중나리는 미치도록 붉은 빨강이다. 붉은 립스틱을 진하게 칠한 입술을 상상하면 딱이다. 그토록 붉은 꽃에서 향을 받아 냈다.

대청부채는 꿀맛이 기막힌 꽃이다. 그렇기에 수많은 곤충들이 몰려든다.

둘 다 야생이다.

향이 진하고 복잡한 것을 보니 야생의 현장에서 향 포집을 한 모양이었다.

그것들 외에도 눈길을 끄는 향이 또 있었다.

'아련한 솔향……'

샌들우드가 아니었다.

「비자 열매 껍질」

이 또한 오 팀장이 전해준 정보였다. 가만히 향 분자를 더듬는다. 솔향기를 닮은 이 냄새는 샌들우드와 유사했다. 유사한 향이라도 새로운 것을 찾아내는 건 굉장히 중요하다. 제이미가 제법 투자를 한 증거의 하나였다.

하긴 제이미에게도 중요한 무대였다. 할리우드 스타들을 상대로도 시그니처를 만들었다는 제이미. 여기서 호평을 받으면 한국의 활동 무대도 늘어나고 몸값도 오를 수 있었다.

'오리엔탈 센슈얼……'

향만 놓고 보면 그랬다. 모든 향수가 한 발을 거치는 관능…….

그럼에도 강토는 고개를 저었다.

이 향의 원본을 본 기억이 있었다. 아네모네 샘플실에 즐비하던 일본 향수의 하나가 그것이었다. 타바코와 뮤게에 인상적인 인센스의 비율, 거기에 오우드와 진코의 침향을 더해 섹시한 지성을 완성시킨 향수…….

약간의 기시감.

이번에도 오 팀장의 정보가 겹쳐진다.

'푸헐.'

원본이 떠오르자 강토 인상이 살포시 구겨졌다. 오 팀장은 '약간'의 기시감이라고 했지만 털중나리꽃과 대청부채꽃, 그리고 비자 열매 껍질 향. 세 가지 첨가물만 빼면 거의 빼박 카피본이었다. 강토 기준에서는.

그래도 위안은 있었다. 고려향료에서 나와 프리랜서 조향사로 뛰는 주디가 만든 게 그것이었다. 백화등과 누리장나무, 나무수국으로 맛깔스러운 향을 냈다. 동양적인 느낌이 강하지만 서양인들이 좋아하는 향을 베이스로 깔았다. 전 성분에 들어간 첨가제 역시 시트랄과 제라니올, 비에이치티, 부틸페닐메칠프로피오날 등이었으니 루틴의 범위를 넘지 않았다.

조향 전문가가 온다 해도 괜찮은 평이 나올 것 같았다.

집중하는 순간에 제이미의 목소리가 높아졌다.

"어머, 지금 이 세팅 그대로 가는 건가요?"

제이미의 시선은 강토 향수에 있었다. 행사장 구조상 강토와 오 팀장의 향수가 메인이었다. 그녀의 향수가 그 옆이다 보니 더 마음에 걸리는 눈치였다. 강토에게 살짝 밀리는 기분이든 모양이었다.

"문제가 있나요?"

차 선생이 물었다.

"오 팀장님 향수야 그렇다고 쳐도… 그 옆의 것은 강토 씨 작품이라면서요? 이렇게 큰 행사는 아무래도 뉴비보다 관록이 필요할 텐데……."

오 팀장을 내세워 교묘하게 강토를 물고 늘어진다.

"저희가 내부 평가를 했더니 오 팀장님 향수와 강토 씨 향수가 짝꿍 향수 성격이더라고요. 그러니 이해하세요."

"뭐 제가 뭐라고 할 건 아니지만… 이창길 교수님이나 주디 같은 베테랑과의 결합이 더 나을 텐데… 의미야 붙이기 나름이고……."

은근히 유쾌하를 돌아본다. 유쾌하마저 동조하지 않자 결국 말문을 닫는 제이미였다.

이벤트 도우미와 향수 모델들 체크, 그리고 행사에 초대한 명사와 관계자들에게 일일이 확인 문자와 이메일을 발송하는 것으로 모든 준비가 끝났다.

딸깍.

아네모네 팀이 나오자 백화점 이벤트관의 불이 꺼졌다. 이벤트관에 진열된 향수는 보이지 않는다. 그래도 강토는 알 수 있었다. 12개의 향수들 가운데 오롯한 강토의 작품 「아이리스—당신만의 센슈얼 판타지」. 마침내 향수 본고장에서의 데

뷔전이었다.

[기분 어때?]

호텔에서 상미의 카톡을 확인했다. 가져온 물건들의 확인이 끝난 후였다. 한 번 더 체크하는 건 아이리스 제법이었다. 평범한 아이리스 원료로 만든 피렌체 아이리스 향. 질문이 나올 것 같아 단계별로 준비한 강토였다.

[찐 맑음]
[긴장 안 돼?]
[괜찮은데?]
[아오, 저 강심장… 나 같으면 오늘 밤 잠 못 잘 거 같은데?]
[앞으로 이 동네부터 그라스와 피렌체까지 다 장악할 건데 그러면 언제 자냐?]
[흐음, 그 똥배짱은 여욱시 마음에 든다니까.]
[서울 춥냐?]
[오늘은 괜찮아? 뉴욕은?]
[뉴욕도 오케이]
[좋은 꿈 꾸고 뉴요커들 다 홀리고 와라. 내 싸부가 되려면 그 정도는 되어야지?]
[알았다. 향에 홀린 좀비들로 만들어 놓고 갈게. 아니, 네 부

하로 쓰게 금발 남자 하나는 생포해 갈까?]

[됐거든]

상미가 퇴장한다.

카톡을 마무리하고 삼나무 향수를 꺼내 들었다.

치잇.

허공에 뿌렸다.

환상적인 향과 함께 블랑쉬가 아른거린다.

블랑쉬는 고작 작업장 안에서 유럽 조향계를 장악했다. 강토는 그보다 백배는 더 자유인인 데다 화학 전공까지 장착을 했다. 내일이 긍정적일 수밖에 없었다.

그러나.

세상은 그렇게 물렁하지 않았다.

다음 날 오전 버그도프굿맨 백화점의 이벤트 홀. 코리아 향수 이벤트라는 대형 홍보물 덕분에 고객들이 몰려들기는 했다. 아네모네 뉴욕 총판장도 한인회 여성 간부들을 모시고 지원을 나왔다.

드레스 코드를 맞춰 입은 아네모네 스태프와 강토, 제이미도 개막 테이프 끊을 준비를 했다. 하지만 그들 중 누구도 미소를 지을 수 없었다. 구경 나온 고객과 백화점 직원들로 인해 머릿수는 어느 정도 되었지만 초대 인사들이 전무한 것이다.

"실장님."

현장 진행을 맡은 차 선생은 하얗게 질린 얼굴이었다.

"개막을 한 시간 정도 미루면?"

"일부는 왔잖아? 공신력 문제니 그냥 진행해."

고육지책이다. 유쾌하의 결단이 그랬다.

참담.

아네모네 스태프들의 분위기였다.

유럽의 빅 세븐 향료 회사는 물론이고 네임드 향수 회사들, 심지어는 미국 연예인과 향수 관련 칼럼니스트와 전문기자, 뷰티 관계자들이 '거의' 초대에 응하지 않은 것이다.

사각.

예고한 시간이 되자 이벤트를 알리는 개막 테이프가 절단되었다.

짝짝.

헐렁한 박수 가운데 유명 인사는 서너 명에 불과했다. 그나마 레벨을 매긴다면 B급이었다. 심지어 절단식을 카메라에 담은 것도 아네모네 홍보 팀과 지역 한인 방송을 빼면, 한국 문화에 대해 호기심 많은 유튜버 두 명과 지역신문 기자 한 명뿐이었다.

야심 차게 추진한 신년 뉴욕 이벤트.

쪽박에 개망신이 되는 걸까?

사각.

테이프 잘리는 소리는 심장 베는 소리처럼 들렸다.

*   *   *

"원더풀."

"그뤠잇."

"소 프레쉬."

"소 스윗."

감탄이 터져 나왔다. 위로가 되지 않았다. 그들은 백화점 고객들이었다. 이벤트 행사로 시향 소감 설문지를 작성해 주면 미니어처를 나눠 주니 호평이 나올 수밖에 없었다. 게다가 처음 보는 한국 야생화의 향이 주종이었다. 향수를 좋아하는 사람이라면 기념이 될 수 있는 것이다.

현장 모델들만 바빴다. 그녀들이 고객 앞으로 나오면 사람들이 몰려들었고 그녀들이 안고 있는 미니어처 바구니는 금세 동이 났다. 점심시간 때까지 그랬다.

"실장님."

차 선생이 유쾌하 옆으로 다가섰다.

"햄버거라도 드셔야죠?"

"아니, 괜찮아."

유쾌하가 손을 저었다. 뉴욕 맛집 별 셋짜리 미슐랭 요리가 온다고 해도 먹을 기분이 아니었다. 쉴 새 없이 명사들의 소셜 계정을 체크해 본다. 여전히 변화가 없다. 거물로 불리는 사람들은 그 누구도 아네모네의 뉴욕 이벤트에 대해 깨알의 언급도 없었다.

들보잡.

유쾌하의 머릿속에는 그 단어가 바글거렸다.

향수 변방 국가 한국.

알고는 있었지만 이 정도 찬밥일 줄은 상상도 못 했다. 당장 빅 히트작을 만들려는 것도 아니었다. 단지 코리아의 조향 역량과 가능성을 선보이며 향수 산업 진출의 교두보를 마련하고 싶었던 아네모네······.

그런데.

그런데······.

뉴욕 총판장은 아까부터 보이지 않았다. 상황이 이러니 자리를 뜬 모양이었다.

그래도 사람은 제법 붐볐다.

영양가가 없다는 게 문제였다.

"아, 쫌 맥 풀리네. 홍보를 대체 어떻게 한 거야? 쫌 팍팍 쓰지. 아네모네가 이것밖에 안 되나? 비행기 좌석 이코노미 줄 때부터 불안하더라니."

고객 응대를 하던 제이미가 결국 볼을 실룩거렸다.

"저기요, 제이미 선생님."

차 선생이 그녀 곁으로 다가섰다.

"왜요?"

응대도 싸늘했다.

"선생님이 린제이 로한과 아드리아 아르조나랑 막역하시다면서요?"

"그래서요?"

"죄송하지만 그분들 중 한 사람이라도 초대 좀 하시면 안 될까요?"

차 선생은 절실하다. 그렇기에 자존심을 내려놓고 부탁을 하고 있었다.

"아니, 지금 나한테 명사들 멱살 캐리 하라는 건가요?"

"그게 아니라 행사장이……."

"명사들 안 오는 건 그쪽들 책임이잖아요? 향수 제대로 만들어 줬으면 나머지는 책임져야 하는 거 아닌가요?"

"저는……."

"아, 짜증. 이럴 거면 차라리 처음부터 그래 달라고 부탁을 하든가? 그 사람들이 실업자예요? 내가 전화 건다고 스케줄 내려놓고 쪼르륵 달려오게?"

제이미의 목소리가 유쾌하에게까지 건너간다. 그가 돌아보지만 이내 시선을 거두고 휴게실로 퇴장한다. 제이미는 선을 넘었다. 그러나 탓할 수도 없었다. 아네모네의 뉴욕 상륙 작전은 완전한 실패로 보였다. 적어도 지금까지는.

스태프들의 힘이 빠지기 시작했다.

그래도 강토는 관광객과 고객들 응대에 소홀하지 않았다. 샘플 향수를 뿌리며 설명을 했다. 프랑스 관광객에게는 불어를, 중국인들에게는 중국어를, 이탈리아 관광객들에게는 그들 말을 쓰니 강토 앞에는 사람들의 발길이 끊이지 않았다.

원더풀.

그뤠잇.

그들의 찬사도 그치지 않는다. 그러나 그들의 찬사는 너무 단순했다. 강토의 아이리스와 오 팀장의 옥잠화의 차이를 구분하지 않았으니 그저 좋은 냄새와 무료 미니어처에 환호하는 것뿐이었다.

"혼자 신났어? 지금 외국어 자랑하러 온 거야? 분위기 파악 좀 하자."

저만치의 제이미가 구시렁거렸다.

"비행기에 호텔에 일당까지 받잖아요? 제 일을 하는 것뿐입니다."

강토가 그녀를 일축했다.

"하긴 학생에게는 큰돈이지."

그녀가 콧김을 뿜을 때였다. 낯선 사람들 사이로 반가운 체취가 느껴졌다.

이 향……

그 사람이었다.

"······?"

강토가 벼락처럼 고개를 들자 그 얼굴이 보였다. 어느새 강토 코앞이었다.

"닥터 시그니처."

"스타니 박사님."

강토 목소리가 너무 컸다. 차 선생 귀에까지 들렸으니 그녀의 어두운 얼굴이 단숨에 밝아졌다.

"뭐지? 다들 왔다가 간 겁니까? 조향 관계자들이 보이질 않네요?"

스타니슬라스가 주변을 돌아보았다.

"그게··· 박사님이 오신 후에 오려는지 아직 다녀가지 않았습니다."

"정말입니까?"

"네······."

"허헛, 그 사람들, 여기 조향의 신세계가 있는 줄도 모르고··· 아, 참, 인사하세요. 여기는 피미니시의 부사장이자 수석 조향사인 자크 메디치십니다."

스타니슬라스가 동행을 소개했다. 피미니시라면 세계 최고 조향 그룹의 하나였다.

"······!"

순간 차 선생의 이마에 아뜩함이 스쳐 갔다. 자크 메디치는 피미니시의 향료의 기준과도 같은 거물이었다. 그렇기에 그 아래 팀장급 조향사에게만 보냈던 초대장······.

"닥터 스타니에게 말씀 많이 들었습니다. 여기 오면 신세계가 열릴 거라고 잡아끄니 기대가 큽니다. 불어까지 잘하니 더 반갑군요."

메디치의 언어도 불어였다. 그는 6개 국어를 하는 언어의 조향사이기도 했다.

"저는 스타니 박사님이 오시지 않는 줄 알았습니다. 이쪽에서는 향수 샘플을 보냈다고 하는데 소셜 계정에 아무런 언급도 없으시길래······."

"불가리아와 터키를 돌며 다마스크 장미를 체크하느라 바빴습니다. 마음 같아서는 비서에게 불가리아로 강토 씨 샘플 향수를 보내 달라고 하고 싶었는데 꾹꾹 눌러 참았죠. 좋은 건 아끼는 법이니까요."

"아······."

강토 표정이 밝아졌다. 스타니슬라스는 아직 강토의 향을 맡지 않았다. 그렇다면 희망이 있었다.

"그럼 제 향을 선보여도 되겠습니까?"

"당연하죠. 그것 때문에 점심도 거르고 왔거든요. 여기 우리 메디치 부사장님도······."

스타니슬라스가 메디치를 바라보았다.

"알겠습니다. 그럼 다른 향수를 즐기시면서 조금만 기다려 주십시오."

돌아선 강토가 현장 모델 둘을 불렀다. 그사이에 오 팀장과 유쾌하가 뛰어나왔다. 차 선생의 보고를 받은 것이다.

"스타니 박사님이 오셨다고?"

"네. 피미니시의 부사장님도 같이 오셨습니다."

강토가 답했다.

"피미니시 부사장?"

유쾌하와 오 팀장이 비명을 질렀다. 생각지도 못한 거물이었다.

"가서 인사드리세요. 두 분이 제 향을 보고 싶다고 하니 세팅 좀 하겠습니다."

"알았어."

의상을 가다듬은 유쾌하와 오 팀장, 방전된 배터리에 불이라도 들어온 듯 활기차게 걸었다.

치잇.

[아이리스—당신만의 센슈얼 판타지]

강토의 향이 모델의 전면에 뿌려졌다.

치잇.

또 다른 모델에게는 다른 세팅을 입혔다. 전면에는 강토의 향이 뿌려지고 후면에는 오 팀장의 향수 [달빛 연가]를 뿌려 짝꿍 향수를 맞춘 것이다.

"나갈까요?"

모델들이 영어로 물었다.

"아뇨. 여기 있다가 제가 신호하면 나오세요. 당신이 먼저, 당신은 나중."

순서까지 정해 주었다. '강토의 향수만' 뿌린 모델이 먼저였다.

돌아보니 제이미는 스타니슬라스의 옆에 매미처럼 붙어 있었다. 비즈니스 측은 굉장히 강한 여자였다. 자기 향수를 들고 와 설명에 여념이 없다.

원더풀.

시향을 한 두 사람이 엄지를 세워 준다.

"땡큐 소 머치."

제이미의 오버가 무한대로 폭주한다. 오 팀장이 눈치를 주지만 그녀는 거의 막무가내였다. 이 기회에 두 사람에게 눈도장이라도 받을 기세였다.

30분쯤 후.

강토가 첫 번째 현장 모델에게 대기 신호를 보냈다.

"스타니 박사님, 제가 만든 졸작 아이리스—당신만의 센슈얼 판타지입니다."

스타니슬라스 옆으로 다가온 강토가 향수에 적신 블로터를 건네주었다. 세 장이었다.

"흐음."

메디치가 시향에 들어간다. 다른 사람과 감상법이 달랐다. 아무것도 묻지 않은 블로터를 겹치더니 그것부터 맡는다. 흐린 여운으로 시작하는 것이다. 그런 다음에야 향을 뿌린 블로터, 마지막은 그 블로터에 불까지 붙였다. 향수에 쓰인 원료의 안전성까지 체크하는 치밀함이었다.

'과연······.'

대가는 세월이 만드는 게 아니었다. 그에게는 천재성에 더불어 빛나는 노력이 있었다.

굳었던 표정이 모나리자의 미소처럼 저절로 온화해진다.

많은 경우, 향수는 수면 위의 백조와 비교할 수 있었다. 우아하고 유유자적한 백조지만 그 발은 혼란스럽게 움직인다. 때로는 천박하다. 향수도 그와 같아 후각을 유혹하는 하트노트 아래에 온갖 잡다한 향이 있을 수 있었다. 그렇기에 한 향수에 200-300개의 향료가 들어가는 경우도 있는 것이다.

메디치는 그런 조향사는 별로 인정하지 않았다. 가장 정직하게 향을 내는 조향사. 거기에 점수를 준다. 그런데 믿기지 않게도 이 향수가 그랬다.

자연 향에 더한 몇 가지 인공 향료······.

기껏해야 스무 가지?

잡다한 화학 보조제는 전무.

포근한 아이리스가 돌연 눈부신 꽃밭으로 변모하는 이 기량······.

욕망이 아니라 원초의 센슈얼 파우더리.

대가도 엄두 내기 어려운 오직, 향료만으로 고정과 억제, 발

향을 살린 정통 기법.

하지만 조향사는 이제 갓 20대로 보이는 뉴비.

단언컨대.

신이 어루만진 어코드.

이건 신예의 조향 세계가 아니었다.

메디치가 아뜩해질 때 강토가 현장 모델을 불렀다.

모델이 다가왔다. 향이 가까워지자 스타니슬라스가 눈을 감아 버렸다. 그걸 본 제이미가 회심의 미소를 지었다.

―네 향수로는 안 된다니까.

그런 미소였다.

강토도 웃는다.

―그건 당신 수준이고.

스타니슬라스는 블로터까지 살랑살랑 흔든다. 호흡을 들이쉬고 내쉴 때마다 표정은 여러 감정을 연출했다. 세 번 정도 그런 후에 블로터를 내려놓았다. 그 앞에 모델이 서 있다. 강토가 지시한 시간만큼 정지한다. 스타니슬라스의 눈은 그녀가 빠른 동작으로 움직일 때 비로소 떠졌다.

진지함은 메디치도 유사했다. 블로터에 더불어 모델에게 뿌린 향을 비교한다. 표정까지 비슷했으니 모델이 멈추면 감상도 멈추고 움직이면 감상이 바빠졌다.

"강토 씨, 그만하면 됐어. 두 분이 피곤해하시잖아?"

제이미가 참견을 하고 나섰다. 스타니슬라스가 손을 들었다. 조용하라는 뜻이었다. 제이미는 정색을 하며 물러났다.

"연결 편이 있는데 계속해도 되겠습니까?"

강토가 스타니슬라스의 의향을 물었다.

"당연하죠."

스타니슬라스는 아이처럼 답했다. 어쩌면 조바심까지 깃든 목소리였다.

"헬렌."

두 번째 현장 모델에게 사인을 보냈다. 그녀가 고요히 걸어와 스타니슬라스와 메디치 앞에 섰다. 그때까지는 두 대가도 강토의 의향을 다 알지 못했다. 그러다 강토 신호를 받은 모델이 우아하게 돌아서자…….

"……!"

두 사람의 눈동자에 지진이 일었다. 앞쪽에서 풍기는 향수와 또 다른 판타지 때문이었다. 흔하디흔한 레이어링 따위가 아니다.

두 향은 따로 놀지 않았다. 분명 앞선 향의 어코드와 안정성에는 미치지 못한다. 필수적인 착향제와 유화제, 산화방지제, 보습제도 느껴진다. 그러나 이렇게 이어 놓으니 크게 거슬리지 않았다.

후면에 뿌린 향수까지 돋보이게 만드는 전면의 향수…….

전면의 감동에 각도를 살짝 바꿔 주는 후면의 향수…….

"……?"

메디치가 먼저 번쩍 눈을 떴다.

"닥터 스타니슬라스."

그가 스타니슬라스를 돌아본다. 그러나 스타니슬라스는 아직도 감동 속이었다.

"한 번만 더."

그의 손이 움직였다. 현장 모델이 요청에 부응해 주었다. 그 자리에서 살포시 턴에 턴을 더해 준 것이다.

"하아."

긴 한숨과 함께 스타니슬라스가 눈을 떴다.

"어떻습니까?"

그가 메디치를 바라보았다.

"그 전에 한 가지 확인하고 싶습니다. 이 향수, 몇 가지 인공 향 이외에 일체의 보조제가 쓰이지 않은 게 맞지요?"

"그렇군요. 무모하게도 우직했다 싶었는데 요즘 조향사들이 습관적으로 퍼붓는 보조제 없이도 각각의 향조 깃을 제대로 세우고 활성을 극대화시켰네요. 향조의 특성을 완벽하게 이해하지 않고는 불가능한 일이지요."

"제 코는 아직 무사하군요. 정말이지 당신 말을 무시했으면 큰 후회를 할 뻔했습니다. 작년부터 최근까지 방문한 향수 발표회 중에서 가장 압도적인 향수입니다. 동양의 조향사가 우리 유럽의 향조를 이토록 깊이 있게 해석해 내다니… 흰색 감귤 향을 은가루를 뿌리듯 선명하게 살린 건 물론이고 눈길을 제대로 잡아 끄는 치명적인 애잔함… 게다가 하트노트로 쓰인 피렌체 아이리스는 우리 회사도 확보하지 못한 최상급의 향이 아닙니까? 거기에… 오시롤과 올리바넘이겠죠? 모델의 움직임을 따라 빛나는 햇살… 그러면서도 나약함으로 빠지지 않게 컨트롤하는 올리바넘의 위엄… 그 힘을 받쳐 주는 퀴놀린의 활력에 베티베르의 신성함까지… 온갖 보조제를 투하해 이룬 향이 아니라 우직하게 승부하는 19세기 정통 향수의 기법. 자연 향과 인공 향료의 조화와 극치가 여기 있으니 근래에 보기 드물게 성공한 어코드가 아닐 수 없습니다."

메디치가 엄지를 세워 보였다. 과연 세계 최고 조향 그룹의 리더다웠다. 강토가 쓴 향료의 성격을 단번에 이해하고 있었다.

하지만 그의 감상은 강토의 첫 설명에서 길을 잃고 말았다.

"죄송하지만 아이리스 향료는 피렌체 아이리스가 아닙니다. 제가 평범한 아이리스에 약간의 효과를 덧붙인 것뿐입니다."

"뭐라고요? 피렌체 아이리스가 아니라고요?"

메디치의 코가 다시 블로터로 향했다. 코앞에 흔들며 향을 대조한다. 그는 수많은 아이리스의 향을 기억하고 있었다.

"……"

집중하던 그의 이마에 한기가 스쳐 갔다. 분해하고 또 분해하니 피렌체 아이리스가 아니었다. 하지만 최고가인 피렌체 아이리스의 모든 조건을 갖추고 있는 이 아이리스. 아니, 피렌체 아이리스 이상의 향을 내는 이 아이리스…….

"흙냄새에 포도 향, 세이지, 사이프러스, 그리고 타임과 민트, 바질… 제가 평범한 아이리스에 덧붙인 향입니다. 인공 장미 향을 천연 장미 향처럼 보이게 하듯."

"……!"

강토가 포뮬러를 밝혔다. 메디치 이마의 식은땀은 두 배로 늘어났다.

장 폴 겔랑이 몇 개의 향료를 섞어 월하향을 만들었다는 말은 이 업계의 신화였다. 그건 가능한 일이었다. 조향사가 천재적이라면.

하지만 그런 장 폴 겔랑도 싸구려 아이리스 향을 초고가의 피렌체 아이리스급 이상으로 만들었다는 전설은 남기지 못했다.

'흐음.'

다시 한번 향수를 확인한다. 시간이 꽤 지났음에도 아이리스의 기세는 떨어지지 않았다. 아니 오히려 더 선명한 파우더리를 그리며 후각을 매혹시키고 있었다.

"이거 대체?"

넋을 놓은 메디치가 스타니슬라스를 돌아보았다. 스타니슬라스가 웃으며 답했다.

"제가 분명 강심제를 먹고 오라고 말씀드렸는데 깜박 잊고 오신 모양이군요?"

＊　　　　＊　　　　＊

"그럼 이 치명적인 주목성의 향… 이건 어떤 노트입니까? 이것도 설마?"

메디치가 강토를 바라보았다.

"맞습니다. 그 향 분자 역시 제가 만들었습니다."

"맙소사."

"제법은 희석한 우유에 역시 다운시킨 나무 냄새를 섞었습니다. 비율이 어렵긴 하지만 성공하기만 하면 주목성을 거부하기 힘들어지죠. 이 향수에서는 치자와 수선화, 흰색 감귤의 노트를 강화하는 역할을 합니다."

"치명적인 대비로군요. 톱노트에서 마음을 흔들고 하트노트로 그 마음을 장악해 버리는……."

"의도를 알아 주시니 고맙습니다."

"아직입니다. 방금 그 짝꿍 향수……."

"우리 오 팀장님의 작품 말이로군요?"

강토가 오 팀장을 돌아보았다. 오 팀장은 정중한 인사로 그녀의 존재를 알렸다.

"내 생각이 맞지요? 전면의 햇살과 후면의 달빛. 빛나는 환희와 수줍은 순수의 매칭……."

"맞습니다. 두 향수를 매칭하면 하나이자 두 개의 세계를 창조합니다. 단순화에 매몰되어 가는 현대인들에게 흥미로운 시도이자 위로가 될 수 있죠. 동시에 인간의 내면과 생의 의미를 상징하기도 하고요."

"인간의 내면?"

"동양에서는 음과 양이라는 말이 있는데 이 향수에 딱 부합하는 단어입니다. 그러나 서양에서 시작된 컴퓨터에도 그와 같은 0과 1이 있으니 다르지 않습니다."

"아……."

"하지만 이 두 향수에는 아직도 숨겨진 매력이 있습니다."

"또?"

"앞에 뿌린 향수의 활력은 사람의 체온이나 활동력에 따라 커지고 뒤에 뿌린 향수는 그 반대로 체온이 내려가면 더 활발해집니다. 물론, 평상시에도 향의 매력을 즐기기에는 문제가 없지만요."

"체온에 따라 발향이 달라지는 건 모든 향수의 공통점 아닙니까?"

"그렇습니다. 하지만 이 두 향수는 그 평범한 가치를 넘어선다는 뜻이며 앞쪽 향수의 그것은 이미 감지하셨을 것으로 압니다."

"이미?"

메디치가 골똘해졌다.

'이미'라고 하니 향 분자의 기억을 처음으로 돌렸다. 거부하기 힘든 주목성에 이어 파우더리의 진수를 보여주는 센슈얼 대미지. 그 향의 시작과 끝……

"아!"

그제야 메디치 머리에 불이 번쩍 들어왔다. 하트노트의 아이리스. 그 발향은 같지 않았다. 모델의 동작이 빨라지면 향 분자의 흐날림, 번짐, 피어오름이 더욱 강해졌던 것이다.

오시롤……

열쇠 향을 떠올리자 아이리스의 향 코드가 풀렸다. 은은한 아이리스가 돌연 꽃밭으로 변하는 마법. 꽃비가 내리고 꽃의 바다가 되던 그 몽환…….

「오시롤」

그 향료의 특징을 이토록 생기 있게 살려 놓은 향수는 처음이었다. 차마 등골이 오싹해질 정도였다.

"그렇다면 뒤쪽 향수의 숨겨진 매력도 느끼고 싶습니다."

메디치의 호흡은 점점 더 가빠졌다.

강토가 현장 모델에게 신호를 보냈다. 그녀가 에어컨 앞으로 이동했다. 백화점 안이다 보니 전체 온도를 낮추기 어렵기 때문이었다.

포즈를 취하던 모델이 가볍게 돌아섰다. 그녀의 주변 온도가 2도 정도 낮아졌음은 두말할 필요가 없었다.

"……!"

메디치의 입이 전격적으로 벌어졌다.

옥잠화의 은은한 기품.

달빛의 아련함에 취한 것이다.

"네롤리, 미모사, 프리지아… 그리고 히아신스와 재스민, 아이리스, 쿠마린… 베이스노트에는 페티그레인, 베르가모트, 몰약, 오우드, 시더우드, 머스크가 들어갔군요. 그런데 이건 뭐죠? 하트노트에 쓰인 플로럴과 톱노트에 섞인 시트러스들… 레몬이나 감귤은 아닌 것 같은데?"

메디치가 중얼거렸다.

"이 향수에는 코리아의 야생화 노트가 들어가 동서양의 조화를 이루었습니다. 톱노트에는 유자와 탱자가 들어갔고 하트에는 옥잠화와 박꽃 노트가 포인트로 들어갔습니다. 옥잠화는 한국 여인의 조신함과 우아함을 상징하는 향기입니다."

"옥잠화… 그렇군요. 조신함에 우아함……."

메디치가 숨을 고른다. 사실 그 향에 반한 건 아니었다. 하지만 전후 반전의 발상 앞에는 놀라지 않을 수 없었다.

향수의 세계는 오묘하다. 향 자체가 가장 중요하다. 하지만 워낙 많은 향수가 범람하다 보니 발상만으로 먹히는 것들도 많았다. 호기심으로 구매하는 소비자층도 해마다 증가하고 있었다.

"그뤠잇."

메디치가 양 엄지척을 쾌척했다. 최고의 찬사였다. 스타니슬라스까지 웃는 사이에 강토가 오 팀장을 돌아보았다. 오 팀장 입가에도 자부심이 가득했다. 그녀 역시 감히 메디치의 인정을 받으리라고는 상상치 못했기 때문이었다.

"팀장님……."

지켜보던 차 선생 눈동자가 붉어진다. 동병상련이다. 아네모네의 이 프로젝트는 2년 전부터 시작되었다. 그동안 버린 아이디어만 개인당 30여 개가 넘었다. 새로운 향수 하나를 창조한다는 건 새로운 자동차 디자인 하나가 나오는 것만큼이나 어려웠다. 그렇기에 각고의 노력을 경주해 온 아네모네 조향사들, 오 팀장의 작품이 인정을 받으니 자기 일처럼 좋았다.

"강토 씨."

제이미가 강토 옆으로 다가왔다.

"이제 양보 좀 해?"

그녀가 한국말로 속삭인다. 강토 작품의 호평에 그녀도 굉장히 고무되어 있었다.

너보다야.

그녀의 자만심이 끓고 있었다.

치잇.

그녀가 블로터를 적신다. 세 개씩 만들어 스타니슬라스와 메디치에게 전한다. 이어 그녀의 현장 모델이 나왔다. 제이미의 향수가 사방에 진동을 했다.

"저는 영어로 하겠습니다."

제이미가 요염한 미소와 함께 설명에 나섰다.

"방금 옥잠화의 매력을 보셨겠지만 코리아에는 세계적인 향 노트에 견줄 만한 야생화들이 많습니다. 저는 그중에서도 최상급의 향을 가진 꽃을 찾아 현장 추출법으로 자연 그대로의 향 분자를 포집했습니다. 최고의 순간을 포착해서 말이죠."

제이미가 자기 향수를 들어 보인다. 스타니슬라스와 메디치 역시 블로터에서 증발하는 향 분자를 음미하기 시작했다. 강토 작품의 감상처럼 눈을 감은 건 아니지만 굉장히 진지했다.

"무엇보다 하트노트에 주목해 주세요. 여기 들어간 털중나리꽃은 선명한 레드입니다. 열정이자 센슈얼의 상징이죠. 이 이미지의 부각을 위해 인센스와 핑크 페퍼의 마법을 곁들여 동양풍의 유니크하고 센슈얼한 세계를 창조했습니다. 그 신비감의 고정해 줄 우디 향 역시 비자 열매의 껍질 향으로 대체했죠. 상큼하면서도 깊게 쪼아 대는 향은 열애의 감동을 개운하게 승화시키고 있습니다."

설명을 마친 제이미, 생글거리는 미소로 두 대가를 바라보았다. 평을 기다리는 것이다.

"훌륭하군요."

스타니슬라스의 평은 의례적이었다.

"굉장해요."

메디치의 반응도 그랬다.

"뭐 해요? 두 분, 가까이 가지 않고?"

다소 당황한 제이미가 현장 모델의 등을 밀었다. 모델들이 대가들 앞으로 다가가 포즈를 취했다.

"제 향수의 매력은 느긋한 감상입니다. 그러면 향조에 숨겨진 깊은 매력이……."

부연 설명을 할 때 메디치가 운을 떼고 나왔다.

"이 향수……."

"네."

제이미가 귀를 세우고 다가선다.

"침향의 어코드가 인상적이군요."

"그렇습니다. 타바코와 침향으로 눈부신 센슈얼을 승화시키고 있습니다."

"털중나리가 선명한 레드라고 했나요?"

"네."

"그래서인지 붉은 양산이 떠오르는군요."

"붉은 양산이라고요?"

"붉은 양산에 붉은 기모노… 치명적인 환락 속에 깃든 고고한 우아함……."

"……."

"아무튼 좋았습니다."

메디치의 감평이 순식간에 끝나 버렸다. 옆에 있던 강토 입가에 미소가 스쳐 갔다. 저 말이 벼린 칼이라는 건 누구보다 제이미가 잘 알 일이었다.

그녀의 작품은 '패스티시'였다. 패스티시는 기존의 작품을 차용하거나 모방하는 기법을 뜻한다. 일본 향수 중에서 어코드가 안정된 것을 골라 한국의 야생화 향 몇 개를 넣고 빼는 식의 작품이었다.

물론 많은 작품들이 이런 경우에 속한다. 제이미는 원작의 이미지를 날리려고 강렬한 털중나리꽃에 핑크 페퍼를 썼지만 오히려 악수였다. 의심의 단초를 제공한 셈이니 스타니슬라스나 메디치 정도의 대가가 모를 리 없었다. 즉, 제이미의 향수에는 그녀만의 개성, 포뮬러가 없었던 것이다.

몇 개의 향수들은 그렇게 지나갔다. 이창길의 작품도 그리 주목받지 못했다. 그래도 복병이 남아 있었으니 고려향료에서 독립한 주디가 만든 향수였다.

그녀의 향수는 백화등과 누리장나무, 나무수국이 주제였다. 백화등은 자스민 향을 낸다. 바람개비 모양으로 꽃잎도 특이하다. 그 재스민 향의 안정성이 기가 막혔다. 단순함에서 오는 피로감을 떨치기 위해 곁들인 나무수국의 라일락 향과 누리장나무의 백합 향도 탁월한 선택이었다. 한국의 야생화로 향수 두 기둥 중의 하나로 불리는 재스민의 새로운 매력을 창조한 것이다.

그녀의 향수 또한 포뮬러에 밝힌 향 외에는 들어가지 않았다.

이날 스타니슬라스와 메디치가 관심을 보인 향수는 세 개였다. 강토의 짝꿍 향수와 주디의 향수, 그리고 제이미의 향수. 미안하게도 제이미의 향수만은 부정적인 측면의 관심이었다.

조향계의 거물들.

그들의 위상은 기대 이상이었다. 두 사람의 현장 사진과 페이스북, 트위터의 한마디가 SNS를 달구기 시작했다.

「저는 지금 맨하탄의 버그도프굿맨에서 보조제 없이 이룬 정통 향수의 깊은 매력을 만끽 중입니다.」

스타니슬라스의 말이었다.

「아네모네 뉴욕 향수 발표회, 차마 믿기지 않는 치명적인 매혹의 향수 발견. 더 믿기지 않는 건 조향사가 동양의 뉴비.」

이어지는 메디치의 트위터.

그로부터 2시간 후에 이벤트장에 대반전이 펼쳐졌다.

CNN과 월스트리트 저널의 패션 담당 기자가 오고 BBS 뉴욕 특파원, 르몽드 특파원 등이 달려왔다. 조향 관계자들과 칼럼니스트, 할리우드의 유명 연예인들도 줄을 이었다.

이들의 사진과 SNS가 퍼지자 향수 관련 산업과 뷰티 관계자들이 밀려들었다. 호기심 고객 일색이던 이벤트 홀은 스타와 전문가들로 물갈이가 되었다. 폐장까지 남은 시간은 2시간 정도. 듣보잡으로 추락하던 오전에 비하면 천국의 시간이었다.

"와아."

"원더풀."

사람들이 많아지니 찬사의 격도 높아졌다. 물론 그 찬사는 일반적인 것일 뿐이었다. 그들 사이에 포진한 전문가들은 12개의 향수를 치밀하게 분석하고 있었다. 그들의 관심 역시 세 향수로 좁혀졌다. 주디의 한국적으로 해석한 재스민과 강토의 아이리스, 그리고 오 팀장의 옥잠화 향수였다.

2시간 중에 재미난 사건은 뜨는 별 아드리아 아르조나가 도착한 것이다. 제이미가 시그니처를 만들어 주었고 그렇게 각별하다는 할리우드의 뉴비. 그녀가 도착하자 차 선생이 제이미를 찾았다. 제이미가 나와 호들갑을 떨지만 강토는 알 수 있었다. 두 사람은 생면부지의 관계였다. 제이미는 그녀를 잘 알지만 그녀는 제이미를 모르는 웃픈 상황이 벌어진 것이다.

일방적 알은체를 마친 제이미는 그토록 자랑하던 향수를 시향 시키지도 않은 채 슬쩍 다른 전문가들에게 옮겨 갔다.

역시.

순발력은 압권인 여자였다.

향수 관계자들의 성향은 두 가지였다.

하나는 자기 스스로 좋은 향수를 찾으려고 애쓰는 사람들.

또 하나는 스타니슬라스와 메디치 등의 거물들이 어떤 향수에 관심을 갖는가 주목하는 사람들.

후자가 많았으니 두 대가의 주변으로 사람들이 몰렸다.

"코리아의 향수 이벤트, 메디치 부사장님의 등장을 의외로 보는 사람들이 많은데요?"

방송국 기자들이 그냥 넘어갈 리 없다. 당연히 공개 질문이 나왔다.

"좋은 향수와 향료를 찾아다니는 건 내 의무이자 기쁨입니다."

"하지만 아네모네는 향수 쪽에서는 신생이 아닙니까?"

"마이너에도 보물은 있는 법이죠."

"그렇다면 보물을 발견하셨습니까?"

"그런 조짐도 모르고 왔다면 저도 은퇴해야겠죠."

"그 말을 인정으로 받아들여도 되겠습니까?"

"오늘 굉장한 향수를 만난 건 사실입니다. 우리보다 더 유럽식 향수에 정통한가 하면 동양풍의 몽환이 넘실거리는… 더 기가 막힌 건 이 놀라운 안정성과 발향을 합성 보조제의 도움 없이 구현했다는 사실입니다."

"열두 개의 향수가 있던데 어떤 것이 그토록 인상적이었습니까?"

"먼 비행을 하고 온 제 피로가 쫙 풀리도록 향수의 새로운 감성을 열어 준 향수는……."

메디치가 오 팀장과 주디의 향수를 집어 들었다.

"……?"

오 팀장의 눈동자가 칼날 긴장으로 충혈되기 시작했다.

*   *   *

"이 두 향수는 아네모네 오늘 이벤트의 주제가 될 것 같습니다. 한국적인 재스민 향수의 해석은 신선한 충격이었습니다. 재스민의 다른 얼굴을 보는 즐거움, 여러분도 만끽하고 있으리라 봅니다."

메디치의 설명에 전문가들조차 숨을 죽였다.

"그리고 이 옥잠화와 박꽃 노트의 향수. 역시 리얼 오리엔탈 플로럴입니다. 굉장히 우아하고 투명한 향입니다. 마치 달빛을 한 폭 집어 와 향수병에 담은 듯… 꾸미지 않은 듯 꾸민 향의 매력이 가히 일품입니다. 게다가……."

"……?"

"이 향수는 특이하게도 커플링 향수로의 변신도 가능합니다."

"커플링?"

사람들이 중얼거렸다.

"이 두 향수는 제가 긴 비행을 할 만한 가치를 부여하고 있습니다. 그러나 제가 이 자리에서 행복할 수 있었던 진짜 향수는 따로 있습니다."

"……?"

"닥터 시그니처? 이게 당신의 닉네임 맞죠?"

메디치가 강토를 바라보았다.

"예."

"향이란 객관적입니다. 그게 제 지론이죠. 만약 제가 아름 답다고 찬양하는 향수가 다른 사람에게 악취라면 향수 산업 은 이 땅 위에 존속하지 못할 겁니다."

"……."

"그러니까 닥터 시그니처, 제가 어떤 향수에 어떻게 감격했 는지 이분들에게 직접 보여 주시기 바랍니다. 향의 감동이란 말로는 다 할 수 없는 화학의 시이자 기억의 시. 저 역시 참석 자의 한 사람으로서 조금 전에 느낀 감성 충격을 한 번 더 맛 보고 싶습니다."

메디치의 눈이 반짝 빛을 발했다.

짝.

강토의 손뼉 사인이 나가자 현장 모델 세 사람이 포즈를 취 했다. 두 명을 더한 건 차 선생의 배려였다. 현장 분위기를 간 파한 그녀가 발 빠른 조치를 취했다.

세 모델이 전문가들 앞으로 나섰다. 전문가들이 후각을 가 다듬는다.

그리고 잠시 후.

"오."

"아아."

각양각색의 감탄이 나오는 데까지는 오랜 시간이 걸리지 않았다. 스타니슬라스처럼 눈을 감는 사람도 있고 옆 사람에게 기대며 늘어지는 사람도 있었다. 심지어는 눈물이 맺히는 사람까지.

눈물의 기원은 애틋한 동정심을 겨눈 톱노트 때문이었다. 감성이 예민한 사람이라면 얼마든지 울 수 있었다. 그러나 그 연민은 순수와 순백으로 승화되었기에 애잔한 눈물보다는 거역할 수 없는 주목성 쪽이 압도적이었다.

「아이리스—당신만의 센슈얼 판타지」

12개의 향이 뒤섞이는 바람에 오롯이 감상할 기회가 없던 전문가들. 모든 시향을 멈추고 강토의 향수만 선보이니 비로소 그 매혹에 젖기 시작했다.

하지만 그들은.

순진무구의 매력에 오래 취할 시간이 없었다. 반짝이는 향기에 포근포근한 파우더리가 밀려오나 싶더니 한순간 햇살이 되어 버린 것이다. 구름이 벗겨지듯 순식간이었다. 감성 충격과도 같은 센슈얼 판타지. 그 충격에 휘청일 때 모델들이 돌아섰다.

"아."

집중하던 할리우드 스타 두 명의 다리가 풀렸다.

어느 틈에.

빛나는 센슈얼에서 투명한 우아함으로 바뀌어 버린 향의

흐름. 절제하기 어려운 감성 충격에 의식이 풀려 버린 것이다.

넋을 놓은 건 두 사람만이 아니었다. 칼럼니스트들과 뷰티 관계자들 일부는 모델을 따라가며 향을 음미할 정도였다.

짝짝짝.

스타니슬라스에서 시작한 박수가 그들의 몽환을 깨웠다.

짝짝.

박수가 이어졌다.

그 방향은 오직 한 사람, 강토였다.

"여러분."

다시 메디치가 이목을 끌었다.

"이제는 여러분도 확인을 했을 겁니다. 그렇기에 제 입으로 다시 강조하지 않겠습니다. 향은 본능이자 향연입니다. 오랜 매너리즘에 빠져 있던 제게, 동양의 향수 따위가, 하고 선입견을 가지고 있던 제게, 우리 유럽 향수보다 더 유럽 같은 클래식한 분위기 속에서, 허공조차 끌어안고 싶도록 포근하고 파우더리하게 창조한 센슈얼의 궁극. 그것도 평범한 아이리스 향을 사용해 이토록 향의 격조를 높일 수 있었다는 점. 일체의 보조제를 쓰지 않았다는 점… 동양 조향의 내공과 아이리스의 신세계를 보여 준 닥터 시그니처에게 다시 한번 박수를 보냅니다."

짝짝.

메디치의 박수 치는 손이 높이 높이 올라갔다.

카메라가 강토에게 집중된다. 강토는 짜릿한 감격을 누르며 시선을 바로 들었다.

블랑쉬.

이 영광을 너에게.

하지만 너무 좋아하지는 마.

이제 시작이니까.

강토의 생각대로 정말 시작이었다. 이벤트도 그랬다. 많은 전문가들은 아이리스 노트에 대해 궁금해했다. 값싼 향료에 여러 향을 더해 만들었다는 말이 믿기지 않은 것이다. 이 사태를 예상했던 강토가 현장 증명을 실시했다. 포도 향과 세이지, 사이프러스에 바질 등을 더해 피렌체 아이리스 이상의 아이리스 향을 만든 증거를 공개한 것이다. 평범한 아이리스에 한 향료를 더하는 과정이 그것이었다. 한국에서 공수해 온 바로 그것.

"우우."

각 과정의 향을 확인한 조향 전문가들이 탄성을 질렀다. 뛰어난 조향사라면 가능한 일이었다. 하지만 그 '뛰어난'이라는 형용사를 가진 사람은 많지 않았다. 더구나 동양의 조향사, 더구나 아직 어린 나이……

"당신의 포뮬러에서는 그라스 고전 향수의 진한 감동이 묻어납니다. 그라스에서 유학한 겁니까?"

기자들 질문이 쏟아졌다.

"그라스의 고전 향수를 연구했을 뿐입니다."

강토의 답이었다.

"오늘 발표한 것 외에 다른 작품은 없습니까?"

기자들의 질문은 그치지도 않았다.

"있기는 하지만 이 이벤트는 아네모네 이벤트입니다. 다른 11개의 향수도 충분히 매력적임을 알아 주시기 바랍니다."

강토는 인터뷰조차 지배하고 있었다. 이 이벤트가 강토 개인의 것이 아니라 아네모네의 것임을 잊지 않고 있었다.

"그건 압니다만……."

"여러분."

기자들이 물러서지 않자 스타니슬라스가 주의를 돌렸다.

"닥터 스타니슬라스."

"제가 대신 대답해도 된다면 그는 농부르 띠미드를 재현한 사람입니다."

"농부르 띠미드?"

"제가 보증합니다."

"우."

기자와 관계자들이 경악을 했다.

농부르 띠미드.

향수를 안다고 자부한다면 그 이름을 모를 수 없었다. 명작이다. 그러나 포뮬러가 사라진 향수였다. 그렇기에 복원은 요원하다. 심지어는 스타니슬라스와 메디치조차도.

그런데.

스타니슬라스의 인정이 나온 것이다. 유럽 조향계의 신뢰를 받는 그였으니 의심의 여지가 없었다.

"한국의 기사를 찾아보면 관련 보도가 나올 겁니다. 미리 마음껏들 놀라십시오."

스타니슬라스가 웃었다.

이 시간 후의 이벤트의 중심은 강토와 오 팀장의 작품이었다. 강토를 벗겨 낸 취재 열풍은 오 팀장에게 옮겨 갔다. 옥잠화와 박꽃 등의 한국적 플로럴 노트에 대한 심층 취재였다.

아네모네 스태프들은 아연 활기를 되찾았다. 본사로 긴급타전이 날아가니 유쾌하에게 걸려 오는 중역들의 전화도 불이 날 지경이었다.

"닥터 시그니처."

폐점 시간이 다가올 때 차 선생이 음료수를 가져왔다.

"갑자기 왜 그러세요? 이름 안 부르고……."

강토가 얼굴을 붉혔다.

"대가들도 닥터 시그니처라고 부르는데 내가 어떻게?"

"선생님."

"알았으니까 이거나 마셔. 시원할 거야."

그녀가 음료수를 내밀었다.

"선생님 향수도 반응 괜찮아요."

강토가 이벤트장을 가리켰다. 차 선생의 향수 앞에도 여러 사람이 몰려 있었다.

"위로하지 않아도 돼. 나 내공 부족한 거 다 아니까."

"그건 너무 겸손이세요. 아마 10—20년쯤 후였다면 상황은 달랐을 거예요."

"우리나라 향수의 세계의 기준이 된다면 말이지?"

"네."

"그래. 인정할 건 인정해야지. 지금 향수를 좌우하는 건 유럽 향수들이니까. 그래도 오늘 우리 향수가 인정받는 걸 보니 너무 좋아."

차 선생의 표정은 밝았다. 패잔병 꼴로 돌아갈 것 같던 오전에 비하면 천국이 따로 없는 것이다.

"그런데 제이미 선생 있잖아?"

"네."

"린제이 로한과 아드리아 아르조나 시그니처 만들었다는 거 다 뻥카야."

"……."

"비행기에서 내 옆 좌석에 앉아서 왔잖아? 스파이시 노트로 녹였니, 아쿠아마린으로 죽였네 아주 귀에 못이 박힐 정도였어. 그런데 아까 뭔가 이상하길래 아르조나 매니저에게 물어봤거든. 그랬더니 시그니처 샘플이랍시고 보낸 적은 있는데 악취가 나서 다 쓰레기통으로 골인."

차 선생의 표정에 '쌤통'이라는 단어가 엿보였다.

"......"

"원래 카피 전문에다 입으로 한몫하는 줄은 알았는데 뉴욕까지 와서도 저러네. 하지만 우리도 맹반성 중."

"왜요?"

"털중나리꽃 향 말이야, 자기가 향을 추출하는 동영상에 그 향 에센스까지 가지고 와서 열을 올리길래 이번에는 문제가 없는 줄 알았지. 그런데 아까 메디치가 말하는 거 듣고 일본 향수들 정밀 검색 했더니 의심할 만한 게 있더라고. 또 감쪽같이 속았지 뭐야?"

"향수의 패스티시는 장르소설의 그것처럼 빈발하지 않습니까? 비슷한 노트와 향으로 이루어진 향수는 셀 수도 없이 많아요. 그걸 감추기 위해 수백 개의 향료와 새로운 냄새 분자를 섞어 신작으로 포장하는 경우도 있고……."

"그렇긴 하지만 이건 달라. 의기투합해 달라고 우리가 얼마나 부탁을 했는데……."

"어, 이제 곧 폐점할 시간인가 본데요?"

음료수를 비운 강토가 시계를 바라보았다.

"그럼 이제 비공개 경매 시간이네?"

"네."

"아, 내 향수는 누가 10달러라도 주고 가져가기만 하면 좋겠다."

차 선생이 울상을 지었다.

아네모네의 뉴욕 이벤트.

초반의 폭망 분위기와 달리 반전의 대성황이었다. 유명 스타들의 SNS까지 합세하니 스타들이 더 몰려왔다. 그녀들은 동양의 향수를 제대로 즐겼다. 단지 후각만으로 평가하니 조향 업계처럼 깐깐하지 않았다.

스타니슬라스는 40대 후반의 톱스타 제이 펠리아와 함께 있었다. 그녀에게 아네모네의 향수를 설명 중이다. 나중에 알았지만 그녀가 전성기일 때 시그니처를 맡았다고 한다. 전성기는 살짝 지났지만 영향력은 오히려 더 커진 스타가 그녀였다.

게다가 향수광이었다. 12개의 향수를 하나도 지나치지 않았다. 어떻게 보면 스타니슬라스보다 더 몰입하고 있었다.

시향이 끝나자 강토에게 다가왔다.

"아이리스 향수를 만든 닥터 시그니처입니다."

스타니슬라스가 강토를 소개했다.

"안녕하세요?"

강토의 언어는 영어로 변했다.

"향수가 환상이었어요."

그녀가 예의를 갖춘다.

"감사합니다."

"영감의 모티브, 그 순간들을 여쭤도 될까요?"

"센슈얼은 누구나 꿈꾸는 일상의 판타지죠. 인간의 관능 그 안의 세계 말이죠. 문득 다사로운 햇살에 물드는 순간처럼 이성에 대한 초월적 신비감을 찰나의 향으로 그려 보았다고 할까요?"

"관능, 순수와 햇살에 두 번 물들다?"

"그걸 타이틀로 써도 좋겠네요."

"놀라워요. 아직 관능을 관조할 정도로 관능적인 나이는 아닌 것 같은데 그런 해석이라니… 게다가 동양의 향수면서 어쩌면 유럽 향수보다 더 유럽 향수 같은 느낌이 날 수 있죠?"

"새로운 것을 창조하려면 기존의 것부터 마스터해야 한다. 예술가들, 심지어는 연기자들도 그런 말을 하시더군요."

"점점……."

펠리아가 스타니슬라스를 돌아보았다. 말줄임표 뒤에 생략된 건 '마음에 들어요'였다.

"말했잖습니까? 주목하라고."

스타니슬라스가 웃었다.

"앞으로 자주 뵙기를 바라요."

그녀 손이 먼저 나왔다. 강토가 그 손을 잡았다. 그와 동시에 백화점 폐점 시간이 되었다.

"차 선생, 마리온 크라크 알지? 내 향수에 꽂혔나 봐."

제이미의 오버와 과시는 여전히 진행형이었다.

"내 향수 경매에 참가할 것 같아. 저 레벨이면 병당 1,000달러는 지르지 않겠어?"

"잘되기를 바라요."

경매를 담당하게 될 차 선생. 그녀의 행운을 빌었다. 밉상이긴 하지만 아직은 아네모네 원정 팀의 일원이었다.

"그럼 예고한 대로 오늘 전시된 향수의 경매를 시작하겠습니다."

차 선생이 진열장 앞으로 나왔다. 일반 고객들은 얼마 남지 않았다. 전문가들과 뷰티 관계자, 스타들도 일부는 돌아간 상태였다.

"오늘 경매는 최고가 경매입니다. 각자 핸드폰으로 가격을 써 주시면 됩니다. 경매에 붙이는 향수는 각 10병입니다. 한 병만 사셔도 되고 열 병을 다 사셔도 됩니다. 가격은 병당 가격을 표시하시기 바라고요, 사고자 하는 병의 숫자를 뒤에 표기해 주시면 감사하겠습니다. 참고로 이 향수는 시판용이 아니므로 기준 가격은 없고 재입찰도 하지 않습니다."

차 선생이 규칙을 알렸다.

"그럼 1번 진열 향수부터 시작합니다."

1번 진열장은 이창길의 향수였다. 50달러 응찰자가 둘이고 80달러 응찰자가 하나였다. 각각 1병을 원했으니 세 병이 팔렸다. 2번 진열대의 백 선생 향수도 비슷했다.

차 선생 향수는 선방했다. 80달러 응찰자가 셋이나 되었고

100달러 하나에 200달러도 둘이나 나왔다. 진행을 하면서도 좋아 어쩔 줄 모르는 차 선생. 강토는 주먹을 불끈 쥐어 그녀를 축하해 주었다.

제이미 차례가 되자 그녀가 두 손을 모았다. 표정은 아직 탱글탱글. 하지만 차 선생을 넘지 못했다. 그녀의 최고가는 100달러에 불과했고 마리온 크라크는 입질도 하지 않았다.

다음 경매에서 기록이 나왔다. 주디의 향수였다. 300달러가 다섯이고 400달러 다섯, 무려 500달러를 쓴 여배우도 있었다. 500달러의 주인공이 바로 마리온 크라크였다. 첫 완판을 찍는 주디였으니 제이미의 입술은 한없이 실룩거렸다.

"이제 두 개의 향수가 남았습니다."

차 선생이 손을 내밀었다. 그녀의 손바닥 위에는 강토와 오 팀장의 향수가 보석처럼 올라앉아 있었다.

"이 향수는 따로 경매해 달라는 요청도 있었지만 둘은 커플 링 향수이자 짝꿍 향수입니다. 따라서 두 향수를 하나로 묶 어서 경매하겠습니다."

차 선생 말이 끝나기 무섭게 분위기가 뜨거워졌다. 이제껏 관망하던 사람들이 웅성거리기 시작한 것이다. 거의 모두가 가격을 적기 시작했다. 심지어는 보고만 있던 스타니슬라스에 더해 메디치, 나아가 마리온 크라크와 제이 펠리아를 위시한 톱스타들까지.

"후우."

오 팀장 입에서 초조함이 새어 나왔다.

이벤트장의 중심이었던 두 향수.

[당신만의 센슈얼 판타지]와 [달빛연가].

최고가는 얼마?

*   *   *

"팀장님."

백 선생이 오 팀장 옆으로 다가섰다. 오 팀장이 그녀의 손을 잡아 준다.

오연지 팀장은 지금 제정신이 아니었다.

옥잠화와 박꽃 등의 야생화 노트를 살린 향수.

그러나 스타니슬라스가 아네모네를 다녀간 후로 자신감을 잃었다. 하지만 새 향수를 만들 수 없었다. 다른 영감도 없었거니와 알코올을 숙성시킬 시간이 부족했다.

그녀의 직책은 팀장이었다. 위로 유쾌하가 실장으로서 진두지휘를 하지만 랩 안에서는 그녀의 영역이 더 컸다. 게다가 한국적인 향 개발에는 그녀도 한 표를 던진 바였다.

스타니슬라스와 강토의 의견이 옳았다. 단 하루의 이벤트지만 오 팀장은 알 것 같았다. 뉴요커들이 열광하는 건 '이국적'이기 때문이었지 네임드 향수들보다 뛰어나서가 아니었다. 향수 마니아들의 반응에서 알 것 같았다. 그동안 받은 설문지를 보니 호감에는 √ 체크가 되지만 구매 의향에는 ×가 압도적이었다.

아네모네 조향 팀.

그래도 프라이드가 있었다. 거액의 예산을 들여 마련한 뉴욕 이벤트였다. 경연진들은 경험이라도 배워 오라 했지만 그건 그들의 속마음이 아니었다.

다행히 강토의 향수와 커플링을 이루면서 체면을 세웠다. 분위기로 보아 주디의 1,000달러는 넘을 것도 같았다.

힐금 강토를 보았다. 조바심을 내는 그녀와 달리 강토는 놀랍도록 담담했다. 아니, 어쩌면 이 기막힌 순간을 즐기는 것도 같았다.

그 얼굴에 겔랑과 엣킨슨의 위명이 겹쳐 보였다. 황후의 특허를 인정받은 겔랑과 영국 왕실 공식 조향사 엣킨슨. 마치 그들의 위엄이 강토에게서 우러난 것이다.

윤강토.

이 한순간.

오 팀장 눈에는 강토가, 향수를 위해 태어난 사람처럼 보였다.

"그럼 공개해 주세요."

차 선생의 개시 안내가 떨어졌다. 수십 개의 핸드폰 화면이 공개되었다. 액정 속에서 다양한 숫자들이 반짝거렸다.

"아."

오 팀장은 결국 정신 줄을 놓고 말았다.

먼저 뷰티 전문가 그룹이었다. 총 네 명이 응찰을 했다. 최고가는 1,000달러가 나왔다. 다음은 향수 칼럼니스트와 시향 전문가들이었다. 여기서 1,500달러를 찍었다.

차 선생의 시선이 다음으로 넘어간다. 기자들과 잡지사 관계자들이다. 여기서도 최고가는 1,500달러였다. 그다음이 할리우드 스타들. 3,000달러 숫자가 무려 두 개나 나왔다. 검은 피부의 여배우와 마리온 크라크였다. 현재까지는 그들이 압도적. 겨우 숨을 돌린 둘이 남은 경쟁자들을 돌아보았다.

메디치였다.

그가 신경이 쓰였다.

그의 핸드폰 액정은 각도 때문에 잘 보이지 않았다. 많은 사람들이 시선을 던지자 메디치가 친절을 베풀었다. 그들에게 잘 보이도록 각도를 맞춰 준 것이다.

"……!"

두 여자가 입을 막았다.

「5,000」

메디치의 배팅이었다. 그 숫자 옆에는 10이라는 숫자가 찍혔다. 5,000달러에 전량 구매하겠다는 뜻이었다.

"……!"

소리 없는 탄식이 나왔지만 그는 최후의 승자가 아니었다. 스타니슬라스가 남은 것이다. 사람들의 시선이 그의 액정을 체크하기 시작했다.

"아."

탄성이 터졌다. 스타니슬라스의 화면에 찍힌 숫자, 무려 7,000이었다. 옆에 10을 더해 전량을 사겠다는 의사를 밝힌 것은 물론이었다. 향수 하나당 3,500달러의 가치를 매긴 것이다.

"7,000달러래."

"스타니슬라스가 낙찰이야."

줄의 끝에 있던 사람들이 수군거릴 때였다. 스타니슬라스 옆에서 또 하나의 핸드폰이 올라왔다. 제이 펠리아였다. 스타니슬라스에게 가려 화면이 보이지 않던 그녀였다.

「7,000」

그녀의 액정 위에서 반짝이는 숫자였다.

스타니슬라스와 같았다.

"제이 펠리아, 그녀도 7,000달러를 적었습니다."

흥분한 차 선생이 소리쳤다.

"놀랍게도 닥터 스타니슬라스와 제이 펠리아의 제시액이 같습니다. 전량을 사겠다는 의사도 같습니다만 어느 분이 먼저 제시한 건지 제가 보지 못했습니다. 두 분 중의 한 분이 양보할 수 있을까요?"

차 선생이 물었다.

제이 펠리아가 스타니슬라스를 바라본다. 두 사람의 시선이 허공에서 만났다. 하지만 빙그레 웃기만 할 뿐 누구도 양보라는 단어를 선택하지 않았다.

"그럼 절반씩 나눠 가지면 어떨까요?"

차 선생이 또 하나의 대안을 제시했다.

"좋아요."

제이 펠리아가 그 콜을 받았다.

"저도 좋습니다."

스타니슬라스도 이의가 없었다.

"그럼 선언합니다. 아네모네 뉴욕 이벤트의 마지막, 커플링 향수 경매의 주인공은 닥터 스타니슬라스와 제이 펠리아입니다."

차 선생이 경매의 마감을 선언했다.

"팀장님……."

백 선생이 늘어진 오 팀장을 흔들었다.

"어떻게 되었어?"

오 팀장은 그제야 눈을 떴다.

"스타니 박사님과 제이 펠리아가 낙찰을 받았어요."

"5,000달러, 맞아?"

오 팀장이 물었다. 그녀가 정신 줄을 놓은 건 메디치의 액수 때문이었다. 5,000달러. 그걸 보는 순간 안도와 함께 맥이 풀린 것이다. 강토의 작품 「아이리스—당신만의 센슈얼 판타지」에 쓰인 흰색 감귤 노트의 반짝이는 은가루가 의식 안으로 들어온 것만 같았다.

"무슨 소리예요? 7,000달러가 나왔어요. 그것도 두 사람이나."

"7,000달러?"

"축하드려요."

"아……."

백 선생의 축하가 끝나기도 전에 오 팀장은 또 정신을 잃고 말았다.

"와아아."

피날레였다. 스태프들이 나와 귀빈들과 인사를 나누었다. 그래도 주인공은 강토였다. 수많은 사람들이 강토 곁으로 몰려들었다.

"닥터 시그니처."

여배우들이 이구동성으로 입을 열었다.

"당신 향수를 구하고 싶어요."

강토는 수줍은 소년처럼, 그러나 당당하게 그들의 연락처를 받아 적었다.

"어떻습니까?"

스타니슬라스가 메디치를 돌아보았다.

"한마디로 그뤠잇입니다."

"능력이 있으면 우리 닥터 시그니처 한번 잡아 보시죠."

"기회를 만들어 주실 겁니까?"

"어렵지 않죠. 하지만 웬만한 배팅으로는 불가능할 겁니다."

"밀리언이면 어떨까요?"

"유로입니까, 달러입니까?"

"당신 표정을 보니 유로로 가야겠군요?"

"잘 생각했습니다. 제가 보기에 돈에 흔들릴 사람 같지는 않습니다만……."

스타니슬라스가 강토를 향해 걸었다.

"연봉 백만 유로라고요?"

메디치의 스카우트 조건을 들은 강토가 고개를 들었다.

"아직 아네모네 소속이 아니라고 들었습니다. 적다면 20만 유로 정도는 더 올려 줄 수 있습니다."

"아닙니다. 과합니다."

"오, 그럼 스카우트 제의를 수락하는 겁니까?"

"액수는 마음에 들지만 스카우트는 사양합니다."

강토가 선을 그었다.

"닥터 시그니처."

"제가 한국에서 할 일이 많거든요. 그리고 제가 지향하는 향수 또한 기업보다는 하우스 쪽이고요."

"그렇다면 향 개발이나 신제품 협력은 할 수 있습니까?"

"제가 능력이 될까요?"

"스타니슬라스 박사가 보증하지 않습니까? 탁월한 후각에 천재적인 향료 해석 능력, 그리고 어코드 컨트롤……."

"그러시다면 그 제안은 서로의 조건이 맞으면 가능합니다."

"그나마 절망은 아니로군요."

메디치가 겨우 숨을 돌렸다. 그사이에 또 다른 사람들이 강토를 원했다. 한 몸으로는 모자라니 분신술을 써야 할 지경이었다.

"뭐라고 합니까?"

스타니슬라스가 메디치에게 다가왔다.

"퇴짜를 먹었습니다."

"그렇다니까요. 그래서 더 마음에 드는 친구죠."

"당신은 대체 어디서 저런 괴물을 만나게 된 겁니까?"

"제 노력이 아니었습니다. 저 괴물이 내 일상에 굴러들어 왔죠."

"허어."

"그 아쉬움은 이걸로 달래시죠."

스타니슬라스가 향수를 건네주었다. 방금 낙찰받은 커플링 향수 한 쌍이었다.

"고맙습니다. 7,000달러 바로 입금시켜 드리죠. 프리미엄을 원하신다면 1만 달러도 기꺼이."

"아닙니다. 제 말을 믿고 동행해 주시는 통에 제가 닥터 시그니처 앞에서 체면이 섰지 뭡니까? 그러니 그건 선물로 드리겠습니다."

"……"

"전 세계에 10개밖에 없는 향수, 게다가 조향의 레전드가 될 친구의 데뷔작이라면 7,000달러도 횡재한 거겠죠?"

스타니슬라스가 남은 향수병에 코를 대며 웃었다.

이제 방송 카메라들은 제이 펠리아에게 쏠려 있었다. 그녀 손에는 다섯 세트의 향수가 들려 있다. 굉장히 행복해 보였다.

"제이 펠리아, 오늘 즉석 경매 최후의 승자인데요? 거액을 주고 향수를 산 이유가 궁금합니다."

기자가 물었다.

"마음에 들었으니까요."

그녀의 답은 간단했다.

"기분으로 쏘기에는 큰돈입니다. 세트를 7,000달러에 샀으니 개당 3,500달러입니다."

"그렇다면 메디치님과 닥터 스타니슬라스는 왜 거금을 배팅했을까요?"

"그건……."

"오래전에 경매에 나온 디오라마 오리지널을 3,000달러에 산 적이 있습니다. 1차 대전 후에 디오르에서 견본용으로 극소량을 출시한 진짜 퍼퓸이죠. 이 향수도 나중에 그 경매 사이트에 올라가면 1만 달러도 넘을 거라는 감이 왔거든요."

"오……."

"메디치님과 스타니슬라스 박사님 생각도 같지 않았을까요? 저 두 분이 욕심내는 향수라면 결코 손해 보는 일은 아니라고 생각해요."

"그럼 오늘 밤 침실의 의상이 바뀌겠군요?"

"맞아요. 마를린 먼로는 앞뒤가 같은 향수를 입었지만 저는 앞뒤가 다른 커플링 향수를 입을 수 있죠. 생각만 해도 벅차지 않나요?"

치잇.

승자의 기쁨을 만끽하려는 듯 그녀가 두 향수를 허공에 분사했다.

짝짝.

뜨거운 박수와 함께 이벤트 홀의 불이 꺼졌다.

"아네모네……."

강토 옆에 선 스타니슬라스가 빈 장식장을 바라보며 말을 이었다.

"결국 절반의 성공을 거두었군요."

"오늘 이벤트 말인가요?"

"박사님 덕분입니다."

"아뇨. 내가 오지 않았더라도 당신 향수는 결국 알려지고 말았을 겁니다. 오늘이 아니면 내일, 내일이 아니면 모레……."

"믿어 주셔서 고맙습니다."

"피미니시의 제안을 거절했다고요? 그럴 줄 알았습니다만……."

"과분한 제안이기도 하지만 시스템 안에 갇히고 싶지 않아서요. 아네모네의 제의를 거절한 것도 같은 맥락입니다."

"하긴 그 자리가 어디면 무슨 상관입니까? 결국 향수로 통할 것을."

"지난해 여름에 상미가 그라스에 들렀을 때 환대해 주셔서 고맙습니다. 그녀는 아마 저를 도와 같이 일하게 될 것 같습니다."

"이제 졸업이군요?"

"네."

"하우스를 차리는 건가요?"

"그럴 것 같습니다. 박사님 덕분에 할리우드 배우들의 오더도 조금 받았거든요."

"이 향수… 센슈얼 판타지… 아네모네에서 생산을 하게 될까요?"

"그건 잘 모르겠습니다."

"하게 되겠죠. 어쩌면 이 세트만으로도 아네모네는 큰 소득을 올리게 될 겁니다."

"……."

"하지만 그 미래는 역시 당신에게 달렸겠죠. 당신이 새 신작을 주느냐 마느냐……."

"……."

"아무튼 향수가 어느 정도 쌓이면 그라스로 와서 발표회를 여세요. 모든 제반 준비는 제가 주선해 드리죠. 오늘 산 향수는 그때까지 간직하고 있겠습니다."

"정말입니까?"

"그럼요. 생각 같아서는 지금 같이 그라스로 돌아가서 발표회를 열어 주고 싶은걸요? 당신에게 다른 작품들이 있다면……."

"박사님."

"그런데 이 향수의 임시 레이블을 보니 당신 이름 뒤에 블랑쉬라는 서명이 있어요. 뭐죠?"

"제 프랑스 닉네임입니다."

"역시 그랬군요. 순백… 아무것도 쓰이지 않아 무엇이든 쓸 수 있는 순백……."

여전히 흐뭇한 스타니슬라스가 제이 펠리아를 불렀다.

"펠리아."

"네, 박사님."

"어때요? 우리가 공동으로 경매받은 향수, 닥터 시그니처의 친필 사인을 받는 게? 우리도 경매받은 사람의 특권 좀 누려야죠?"

"어머, 그럼 좋죠."

제이 펠리아가 강토를 바라보았다. 강토는 기꺼이 사인을 했다.

"우리 닥터 시그니처가 곧 본격 하우스를 연다는군요. 제 생각인데 미리 예약해 두시는 게 좋을 것 같네요."

"하우스요? 뉴욕에 말인가요?"

그녀가 반색을 했다.

"아닙니다. 코리아에……."

"으음, 아쉽다. 하지만 뭐 국제 특급 배송이라는 게 있으니까요. 저 닥터 시그니처 정회원 넘버 1에 등재 좀 부탁해요. 진저 들어간 향만 아니면 뭐든 소화 가능해요."

"영광입니다."

그녀의 요청에 강토가 예의를 표했다.

"어머, 그럼 저는 2번으로 부탁해요."

누군가와 통화를 하던 마리온 크라크도 합세를 했다. 500달러를 적고 물을 마셨던 그녀. 강토의 아이리스에 꽂혔던 모양이었다.

"스태프들이 기다리네요. 가 보세요."

스타니슬라스가 중앙을 가리켰다. 정리를 끝낸 아네모네 스태프들이 강토를 바라보고 있었다.

"박사님……."

"이제 조향계 본격 데뷔죠?"

"그런 것 같습니다."

"하우스 차리면 연락하세요. 아니면 그라스에 와도 좋고요. '스멜 콘셉트'의 알프레도를 소개하고 싶습니다. 당신과 좋은 인연이 될 것 같군요."

그가 손을 내민다. 강토가 그 손을 잡았다.

"고맙습니다."

강토의 인사는 정중했다. 오늘의 반전은 스타니슬라스 덕분이라는 것. 잘 알고 있는 강토였다.

제이 펠리아와 마리온 크라크는 강토 이마에 키스까지 남겨 주었다.

"강토 씨."

그들의 차가 멀어지자 함께 배웅한 오 팀장이 두 팔을 벌렸다. 그녀의 허그는 격렬했다.

"고마워."

"천만에요. 팀장님 덕분에 제 향수가 빛난걸요."

"그런 말 안 해도 돼. 아무튼 강토 씨가 우리 이벤트를, 나를, 그리고 우리 조향 팀을 살렸어."

"그런데 실장님에게 뭐 좋은 일 생기신 모양인데요?"

오 팀장의 어깨 너머를 보던 강토가 중얼거렸다.

"오 팀장, 강토 씨."

통화하던 유쾌하 목소리가 확 올라갔다.

"보그야. 뷰티 에디터인데 소문을 들었나 봐. 내일 오후에 인터뷰 스케줄 좀 잡자는데?"

"어머, 보그 에디터요?"

오 팀장의 입이 쩌억 벌어졌다. 보그의 인터뷰 요청. 웬만한 명사가 아니고는 이루어질 수 없는 일이었다.

"확 빼찌 놓을까요?"

강토가 슬쩍 배짱을 부렸다.

"그럴까? 보그가 뭐 별거야?"

짝꿍 향수로 묶인 두 사람, 오버액션까지도 제대로 짝꿍이 되고 있었다.

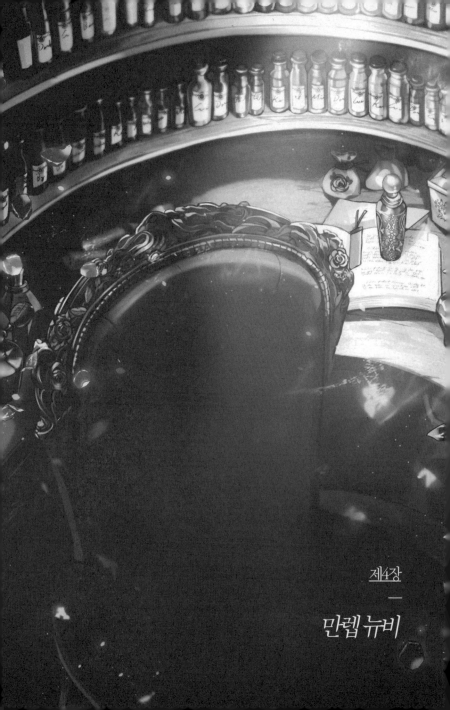

제4장
—
만렙 뉴비

"건배."

건배!

뒤풀이장의 사기는 하늘을 찔렀다. 반전 때문이었다. 맥없이 증발하는 시트러스 노트를 멱살 캐리 해 몇 시간씩 지속시키는 베이스노트의 쾌거가 이런 걸까?

"와아아."

차 선생과 백 선생이 강토와 오 팀장 머리에 샴페인을 들이부었다. 그래도 나쁘지 않았다. 오 팀장은, 샴페인으로 목욕을 하래도 마다하지 않을 태세였다.

"자자, 7만 달러의 조향사들을 위해."

유쾌하가 또 선창을 한다. 7만 달러는 7,000달러의 합계였다. 차분한 그가 이렇게 흥분하는 것도 드문 일이었다.

"어휴, 저는 오전 생각만 하면 아직도 아찔해요."

백 선생이 몸서리를 쳤다.

"저도요. 저는 제 향수 사 갈 사람 없는 줄 알고 얼마나 떨었던지……."

차 선생도 숨을 돌린다.

"스타니슬라스 박사님이 우릴 구한 거죠."

"제 생각에는 강토가 우릴 구한 거예요."

백 선생이 말하자 차 선생이 정정을 했다.

"어허, 뉴욕의 주인공에게 강토? 닥터 시그니처."

강토 옆에 나란한 오 팀장 눈에 힘이 들어갔다.

"회장님, 부사장님도 굉장히 고무되어 계셔. 한국 본사로도 향수 생산 문의가 빗발치고 있다는 거야. 메이저리그로 치면 한 7회까지 7 대 0 정도로 셧아웃 분위기이다가 8 대 7로 역전하는 명승부를 본 기분이라서."

유쾌하가 본사 고위층들의 분위기를 전했다.

"한마디로 쫄깃했죠."

오 팀장도 닥치고 공감이다. 그녀도 굉장히 애를 끓었다. 더구나 팀장의 위치였다. 자기 몫은 해야 했으니 다른 사람들보다 더 초조했음은 두말할 것도 없었다.

"반전, 반전, 이런 반전이 없죠. 제가 초대장을 돌린 분들도 거의 오지 않았어요. 완전 망했구나 싶은 데다 면목도 없어서 자리를 비켜 드렸는데 우리 봉사단장 사모님께 전화가 왔지 뭡니까? 기적이 일어나고 있다고……."

한인회 봉사단 여성들과 함께 앉은 뉴욕 총판장도 환호에 가세를 한다.

"총알같이 달려와서는 기절할 뻔했습니다. 분위기가 완전히 바뀐 거예요. 솔직히 다른 이벤트 홀에 잘못 들어왔나 싶었다니까요."

"이제 그만들 하시고 우리 닥터 시그니처 소감 좀 들어 봐요."

샴페인을 마시던 한인회 봉사단장이 강토를 바라보았다. 함께 온 봉사단의 간부 여상 다섯 명도 비슷한 분위기였다.

"닥터 시그니처."

차 선생이 정중하게 발언을 권했다.

"저도 뭐 여러분과 다르지 않습니다."

강토가 일어섰다.

"단 하루, 게다가 뉴욕, 길거리 호객을 하려도 아네모네 위상이 있는 데다 명사들이 어디 있는지도 모르잖아요? 더구나 정해진 기간은 오늘 하루……."

"……."

"스타니슬라스 박사님 체취가 느껴질 때는 정말이지 울고 싶을 정도로 반가웠습니다."

"그게 바로 닥터 시그니처 덕분이라는 거야. 내 생각인데 스타니슬라스 박사님은 닥터 시그니처가 없었다면 우리 발표회에 오지 않았을 거야. 동의하는 분?"

오 팀장이 주위를 돌아보며 물었다. 아네모네 팀 전부가 공감의 손을 올려 주었다. 단 한 사람, 그 예외는 제이미였다.

몸이 안 좋다며 뒤풀이에 빠지길 원했던 그녀. 처음부터 구석에 짱박혀 마지못해 분위기를 맞출 뿐이었다.

"우리도 사실 닥터 시그니처가 주목받을 때 굉장히 놀랐어요. 척 보니까 우리 아들보다도 어려서 학생처럼 보이는데 향수 권위자라는 사람들이 격찬을 하니……."

봉사단장이 소감을 피력하고 나왔다.

"하지만 그 향수를 보고 알았죠. 솔직히 처음에 현장 모델이 나왔을 때는 코가 저럼해서 잘 몰랐거든요. 다른 향수 냄새와 뒤섞인 점도 있었고… 그런데 권위자들을 따라서 집중하다 보니 제대로 몰입이 되더라고요. 저 천박한 표현이지만 지릴 뻔했어요."

"아유, 단장님만 그런 게 아니에요. 저는 진짜 지렸다고요."

부단장도 끼어든다.

"기왕 말 나왔으니 말인데 우리도 그 향수 구입할 수 없어요? 아까 제이 펠리아와 권위자들이 7,000달러 배팅할 때는 심하다 싶었는데 지금 생각해 보니 그게 아니에요. 놓친 고기가 더 크다더니 무리를 해서라도 갖고 싶은 향수인 거 있죠?"

이번에는 30대의 단원이었다. 그녀는 뉴욕 시티 오페라 단원이었다. 멋을 알고 있었다.

"그렇게 말씀하시니……."

순간 차 선생이 샘플 향수 네 병을 꺼내 놓았다.

"악."

단원이 비명을 질렀다. 강토와 오 팀장의 짝꿍 향수였다.

"이게 남았어?"

오 팀장이 물었다.

"비상용으로 남긴 거예요. 보그 인터뷰 가실 때 한 세트 가져가면 한 세트는 남을 것도 같은데……."

"그럼 우리도 즉석 경매 해요."

봉사단장이 소리쳤다.

"……?"

아네모네 스태프들 눈이 휘둥그레졌다.

"아니, 샘플 향수를 가지고 경매는……."

유쾌하가 난감한 표정을 지었다.

"그럼 어쩔 건데요. 이거 여기 던져 놓고 알아서 하라고 하면 우리 총격전 벌일지도 몰라요. 아시죠? 여기 미국은 총 소지가 가능하다는 거?"

"그럼 닥터 시그니처가 결정하면 되겠네? 직접 뿌려 주든지, 아니면 다시 소분해 주든지."

시니컬한 제안은 제이미의 것이었다.

"닥터 시그니처?"

봉사단원들 시선이 강토에게 쏠렸다.

"제 생각에는……."

강토가 여자들을 바라보았다. 모두가 처분만 바라는 눈치였다. 야속하게도 샘플 향수는 한 세트뿐이다. 용량이 10㎖니소분은 말도 되지 않았다. 참새의 눈물을 개미의 눈물로 나눈단 말인가?

여자들을 바라보던 강토가 제안을 냈다.

"즉석 경매 하죠, 뭐. 세 분이 가격을 적어 내시면 제가 결정한 후에 그 돈은 한인회 봉사단에 기부를 하겠습니다."

"우와, 명판결."

차 선생이 손뼉을 쳤다. 누구도 이의를 달지 않으니 바로 진행이 되었다.

샘플 향수.

샘플로 만든 이벤트 향수에 비해 10분의 1에 불과한 용량이었다.

그런데…….

[봉사단장 5,000달러]

[부단장 3,000달러]

[오페라 단원 2,000달러]

어마어마한 배팅이 나왔다.

"단장님 몫이네요."

강토가 세트의 운명을 결정했다.

"와아."

단장은 아이처럼 좋아했다. 현장에서 5,000달러가 입금되었고, 그 돈은 다시 한인회 봉사단 계좌로 옮겨졌다.

"찍습니다."

즉석 기부 인증 사진도 박았다. 차 선생이 종이에 5,000달러라고 썼고, 그걸 강토가 단장에게 전달하는 장면을 인증 샷으로 찍은 것이다.

누이 좋고 매부 좋은 결과였다.

"자, 한 번 더 건배하죠. 한국 향수의 약진을 위해서."

유쾌하가 다시 잔을 들었다.

이 순간만은 한국이 향수 강국이었다.

뉴욕의 두 번째 밤은 스위티하면서도 묵직한 만다린 노트처럼 달달하게 깊어 갔다.

"다녀올게요."

호텔 앞에서 제이미가 말했다. 표정이 밝았다. 보그와의 인터뷰를 위해 가는 길, 그녀의 동행이 결정된 까닭이었다.

강토, 오 팀장, 제이미.

이렇게 셋이 대표가 되었다.

제이미의 동행은 그녀의 주장 때문이었다. 강토와 제이미, 둘은 아네모네가 동반한 두 사람의 조향사였다. 대표라는 뜻이다. 더구나 그녀는 아네모네의 내부 심사에서 1등을 먹은 적도 있었다. 내부 정보를 알고 있는 그녀가 그걸 상기시켰다. 심지어는 계약서 내용까지 들먹인 모양이었다.

"보그입니다. 감당할 수 있겠어요?"

유쾌하가 물었다.

"나 제이미예요. 오늘은 윤강토가 떴지만 향수의 진가란 사람의 취향에 따라 바뀌는 거 아시잖아요?"

그녀의 답이었다.

보그 인터뷰.

그 자리에서 향수를 만들 건 아니었다. 좋게 보면 그녀도 이벤트의 성공에 지분이 있었다. 이벤트의 전반전, 침몰하는 분위기를 붙잡은 건 그녀였다. 향수가 아니라 분위기 메이커로서 분투였다. 비록 자기 향수만을 알리는 데 치중한 게 흠이긴 했지만.

오 팀장 의견을 물으니 중립이 나왔다. 오 팀장은 제이미와 인연이 깊다. 친한 건 아니지만 이창길 때문에 대놓고 디스는 할 수 없는 형편이었다.

한국의 조향사.

다다익선.

유쾌하가 제이미의 딜을 받아들였다. 강토를 믿는 까닭이었다.

보그 사무실은 타임스퀘어였다. 코로나19 이후로 사세가 약간 위축된 보그. 그래도 이 회사는 세계 패션계의 선도자 위치를 내놓지 않고 있었다. 편집장은 패션의 교황으로 불린다. 1억 2천만 명이 넘는 팔로워를 가지고 있다니 그저 놀랄 뿐이었다.

"어서 오세요."

강토네 일행을 맞이한 건 뷰티 에디터 이사벨이었다. 그녀를 도와주는 편집자 애니도 함께였다.

"이쪽으로."

강토네는 향수가 가득한 회의실로 안내를 받았다.

'으흠.'

벽면에 가득한 향수와 디퓨저, 향수 소품들, 저명한 조향사들 사진을 보기 무섭게 후각을 가다듬는 강토였다. 오래된 것도 많으니 블랑쉬의 작품, 혹은 알랑의 향수를 찾는 것이다.

'없군.'

약간의 실망과 함께 긴장을 풀었다.

시야에 사진이 보인다.

그중 하나는 스타니슬라스의 젊은 모습이었다. 몇 칸 떨어진 곳에 메디치의 사진도 있었다. 물론 조 말론이나 에드몽 루드니츠카, 장 클로드 엘레나의 사진 역시 빠지지 않았다. 그들도 보그의 인터뷰를 거쳐 갔다는 뜻이었다.

"반가워요."

이사벨은 향수 선반에 기댄 채 인터뷰를 시작했다. 굉장히 자유로운 분위기였다.

"어제 버그도프굿맨 백화점에서 벌어진 향수 설명회, 반응이 좋던데요?"

"감사합니다."

대답은 오 팀장이 했다.

"특히 아이리스와 옥잠화? 짝꿍 향수로 불리는 향수가 그렇더군요. 두 분 작품이죠?"

"호평을 받아 얼떨떨할 뿐입니다."

"호평받을 자격이 있었겠죠. 그렇지 않으면 우리가 모실 이유도 없었습니다."

이사벨의 돌직구가 날아왔다. 오 팀장과 제이미의 표정이 굳지만 강토는 웃었다. 그건 팩트였다.

"제이미? 당신은 털중나리꽃과 비자 열매 향수의 주인공이군요?"

"기억해 주시니 고맙습니다. 털중나리는 굉장한 매력을 가진 향수거든요."

제이미가 기다렸다는 듯이 튀었다.

"그렇겠죠. 향수든 패션이든 발표를 하다 보면 그 시기에 뜨는 게 있거든요. 소위 말하는 대세죠. 어젯밤의 하이라이트는 단지 짝꿍 향수였을 뿐이길 바랍니다."

"땡큐."

"동양… 게다가 코리아의 조향사들… 개인적으로는 굉장히 호감을 가지고 있습니다만 우리 보그 뷰티 인터뷰에는 좀 노골적인 검증 시간이 있습니다. 독자를 위한 절차이니 허락해 주시겠습니까?"

"검증이라고요?"

오 팀장이 살짝 긴장의 빛을 보였다.

"물론 거절할 수도 있습니다. 그렇게 되면 우리는 기사 말미에 그걸 표시합니다."

"하죠, 뭐."

강토가 답했다. 어제의 이벤트로 모든 게 해결되는 건 아니었다. 보그의 파워를 고려할 때, 오 팀장과 제이미, 강토를 향한 저들의 제안은 오만한 게 아니었다.

"당신이군요? 평범한 아이리스 향료에 몇 가지 향 분자를 더해 피렌체 아이리스를 뛰어넘는 향조를 창조했다는?"

이사벨이 강토를 바라보았다.

"네."

"미래가 기대되는데요?"

"고맙습니다. 대신 우리는 팀으로 왔으니 검증도 팀으로 응하겠습니다."

강토가 선을 그었다.

"합당한 제안입니다. 당신들은 아네모네 이벤트 팀으로 모신 거니까요."

이사벨은 쿨하게 말을 이어 갔다.

"그렇다고 너무 긴장하지는 마세요. 우리는 독자에 대한 예의를 갖추자는 것뿐이거든요."

"예."

"애니."

이사벨이 손을 들자 편집자가 들어섰다. 그녀는 입구에, 이사벨은 안쪽 선반 앞이었다.

"The foot of the candle is dark."

'등잔 밑이 어둡다?'

"우리 두 사람 뷰티를 담당하면서도 사실 향수 사용법에 약해요. 모신 김에 실용적으로 접근하고 싶은데 지금 저희가 뿌린 향수가 잘 어울리나요?"

이사벨이 고개를 들었다. 문앞의 애니도 똑같은 포즈를 취한다. 검증의 시작이었다. 오 팀장과 제이미가 신중해진다. 명색이 조향사였다. 뉴비처럼, 그녀들 앞으로 다가가서 향을 맡을 수는 없었다.

그런데.

강토의 대답이 너무나 간단하게 나왔다.

"두 분은 같은 향수를 뿌리셨습니다. 이건 연습문제죠?"

연습문제.

그 단어에 얼어붙는 오 팀장과 제이미. 하지만 이사벨과 애니는 거의 경악 수준이었다.

연습문제라니?

*   *   *

"강토 씨."

제이미부터 질색을 했다. 제이미 판단에 두 여자의 향은 비슷해 보였다. 그러나 결이 달랐다. 그런데 강토는 같은 향수라고 말해 버린 것이다.

게다가 연습문제?

예단까지 앞세우니 상대를 자극할 수도 있는 말이었다.

하지만 강토 표정은 처음부터 확신으로 가득했다.

"천연향료를 중심으로 만들었고 1시간 전쯤에 뿌리셨네요. 하지만 에디터님에게는 조금 진한 측면이 있고 편집자님에게는 대략 어울리는 것 같습니다. 이 향수는 톱노트에 핑크 페퍼와 만다린, 마리골드 등을 썼고 하트노트에 프리지아와 헬리오트로프, 오렌지 블라썸을 넣었어요. 문제는 베이스노트인데 아이리스와 앰브렛 씨를 화이트 머스크로 처리한 것은 좋지만 함께 들어간 피오니가 차이를 만들고 있습니다. 에디터님은 체취가 강한 편이라 피오니의 비율이 조금만 올라가도 향수의 매력을 누리기 힘들어집니다. 파우더리한 아이리스의 시기심이랄까요? 하지만 편집자님은 체취가 엷어 소화가 가능하죠. 이 차이로 인해 다른 사람들 코에는 다른 향수를 뿌린 것으로 인식될 수 있습니다."

"……?"

에디터와 편집자의 시선이 허공에서 만났다. 잠시 넋을 놓나 싶더니 에디터가 먼저 박수를 보내왔다.

"굉장하군요. 우리의 문제가 바로 그 문제예요."

"네."

겸손하게 답했다.

"그럼 저는 어떤 향수가 어울릴까요? 이 주제가 마음에 들기는 하는데……."

"피오니의 향이 약한 계열로 고르면 어떨까요? 이런 계열의 향수에서는 핑크 페퍼가 없는 것도 괜찮습니다. 핑크 페퍼는 많은 노트의 얼굴을 바꾸어 버리니 그것보다 라이스 노트나 망고 같은 노트가 섞인 걸 고르면 무난할 거 같습니다. 향조가 부드럽게 다운되거든요."

"핑크 페퍼… 으음, 포기하기는 아까운 노트인데……."

"그럼 본문제로 가실까요?"

상황의 리드.

어느새 강토가 쥐고 있었다.

향수의 차이는 후각의 차이다. 동시에 체취의 차이도 있다. 좋은 향수, 특히 천연 향을 하트노트로 삼은 향수들이 그랬다. 인공 향료에서는 미미한 차이를 보이지만 천연향료는, 개인의 피부, 분비물, 솜털의 양 등에 따라 향이 변한다. 에디터처럼 체취가 강한 사람이면 그 차이는 더 심해진다. 가장 평범한 문제지만 동시에 가장 까탈스러울 수도 있는 향수의 특성. 나름 고난이도를 들이밀었지만 강토에게는 문제 되지 않았다.

"뭐 처음부터 막강하시네요. 과연 스타니슬라스 박사님이 추천할 만하세요."

"스타니슬라스 박사님요?"

"어제 전화가 왔더라고요. 아네모네의 향수 이벤트에 안 온 걸 보니 요즘 매너리즘에 빠졌나 보다고. 그럴 리가 있냐고 했더니 아네모네를 추천하세요. 발품 팔 가치가 있을 거라고요."

"네……"

"그분 말씀이 아네모네의 향료 개발에 어드바이스를 하고 있는데 홍보까지 맡은 건 아니니까 절반만 믿고 인터뷰해 보라고 하더군요. 그래서 검색을 했더니 여러 사람들의 소셜 계정과 기사가 떠요. 거기 두 분 향수는 제이 펠리아가 7,000달러를 불렀다고요?"

"네, 고맙게도……"

"박사님 말씀이 당신 후각이 굉장하다고 해요. 물론 조향에 대한 직관과 서양 향수에 대한 이해력도."

"과찬을 하셨네요. 저는 아직 뉴비에 속할 뿐입니다."

"뭐 이 바닥은 경험순으로 대우받는 건 아니니까요."

"……"

"그래서 말인데 이번에는 테스트가 아니라 부탁이에요."

'부탁?'

강토와 더불어 오 팀장, 제이미의 촉각까지 곤두섰다. 이사벨의 화법이 그랬다. 예의를 갖추는 듯하지만 결국 그 안에는 촌철살인의 칼날이 들어 있다. 그녀가 얼마나 유능한 에디터인지 알 것 같았다.

"영광입니다."

그 또한 강토가 접수했다.

"애니, 잘됐네요. 그거 어쩌면 해결이 될지도 모르겠어요."

이사벨이 편집자에게 사인을 보냈다. 애니가 시야에서 사라졌다. 잠시 후에 돌아온 그녀가 나무 상자를 테이블에 올렸다. 안에는 향료가 들었다. 하지만 병들이 어지럽게 쓰러져 있었다.

'바오밥 노트……'

강토는 향의 정체를 알았다. 하지만 아직 이사벨의 의중은 알 수 없었다.

"뭔지는 아시겠죠?"

그녀가 아네모네 팀을 바라보았다.

"바오밥 열매의 향이네요."

제이미와 오 팀장의 답은 거의 동시였다. 표정이 그런 것 같아 두 사람에게 기회를 양보한 강토였다.

바오밥은 보습의 왕이다. 나무 한 그루가 무려 12만L의 물을 저장한다. 열매의 향은 달콤하고 감귤처럼 톡 쏘는 열대

향을 뿜는다.

"역시 대단들 하세요. 우리가 이번 특집으로 바오밥 향을 다루고 있거든요. 해서 이 향료를 어렵게 구했는데 보시다시피……."

이사벨이 상자 안을 가리키며 말을 이었다.

"지보단에 부탁해서 빌린 건데 그쪽 수습사원이 포장을 하면서 실수를 저질렀어요. 레이블이 없잖아요? 이게 여러 나라의 것인데 그 특징을 나누기 곤란해진 거지요. 해서 지보단에 전화를 했더니 구분이 가능한 조향사를 보내 준다는데 이분이 업무로 바빠 4일 후에나 도착이에요. 그런데 우리 잡지의 마감도 그날이거든요. 비행기 편 시간을 계산해 보니 너무 촉박해서 미리 어느 정도 정리가 되면 바랄 게 없겠어요. 대략적인 기사를 써 두면 일부가 바뀌었더라도 빠른 수정이 가능하니까요."

이사벨이 어깨를 으쓱해 보인다. 강토가 보니 병에는 백지 레이블만 붙어 있다. 이사벨의 말이 진실이라면, 저쪽에서 마킹을 잊은 것이다. 그렇게 되니 같은 병이 아홉 개. 담당 조향사가 오지 않고는 정확한 구분이 어려울 판이었다.

"어떻게 좀 안 될까요?"

이사벨은 표정도 수준급이었다. 바로 가련 모드로 들어간다.

"어떻게 구분해야 하는 건가요?"

제이미가 기준을 물었다.

"이게 아프리카의 바오밥, 마다가스카르 바오밥, 그리고 호주의 바오밥이 섞인 거예요. 그렇게만 구분이 되어도 좋겠는데……"

이사벨이 카오스가 되어 버린 아홉 향료 병을 바라본다.

"냄새를 맡아도 될까요?"

"그럼요. 먹어 보셔도 상관없어요."

후한 허락까지 나왔다.

"시간은요?"

"1시간쯤 드리면 될까요?"

이사벨이 답하자 오 팀장이 강토를 바라보았다.

끄덕.

강토가 긍정의 사인을 보냈다.

"질문이 있습니다."

강토가 손을 들었다.

"뭐죠?"

"애니라는 분의 체취를 보니 다른 바오밥 재료도 있네요. 그런가요?"

"어머."

애니가 소스라쳤다.

"있어요. 바오밥 열매와 나무 토막요. 사진의 배경으로 쓰려고 같이 부탁을 했죠."

"그것들은 뒤섞이지 않았나요?"

"네."

"그럼 그걸 좀 주시겠습니까? 대조용으로 쓰게 말입니다."

강토가 요청했다.

애니가 다시 출동했다. 그녀는 소품용 바구니에 바오밥 열매와 나무 토막을 가득 담아 왔다. 둘은 그걸 내려놓고 자리를 비켜 주었다.

「아프리카」

「마다가스카르」

「오스트레일리아」

세 가지로 구분된 것들이었다.

조금씩 간격을 떼어 놓고 냄새를 맡았다. 하지만 서두르지는 않았다. 혹시 오 팀장과 제이미가 해결할 수도 있기 때문이었다.

두 사람도 당연히 강토의 의도를 알고 있었다. 세 나라에서 온 바오밥의 냄새를 신중하게 맡는다.

바로 난감한 표정으로 변한다. 세 소품들 역시 너무 가까이 붙어 있었다. 냄새가 섞여 버렸으니 기준으로 삼기 어려웠다.

"이건 호주 것 같은데?"

한 단서를 잡아낸 오 팀장이 향료 병 하나를 집어 들었다.

"그래요?"

확인에 나서는 제이미는 자신이 없다.

"맞는 것 같습니다. 거친 사막의 느낌과 광활한 냄새가 배어 있네요."

강토가 인증을 했다. 호주는 가 보지 않았다. 하지만 소품과 향료에서 나는 냄새의 기원은 같았다.

"나머지는……."

오 팀장이 어깨를 으쓱해 보인다.

"이거 너무 심한 거 아니야?"

제이미의 성깔이 결국 폭발했다. 바오밥 열매를 밀쳐 버린 것이다. 그게 강토 앞으로 굴러왔다.

"이건 아프리카 바오밥입니다."

강토가 열매를 잡았다. 그런 다음 나머지 일곱 개의 향료 역시 보란 듯이 정리를 해 버렸다. 두 개가 아프리카 쪽이고 마다가스카르는 여섯 개였다.

"그걸 어떻게 아는데?"

제이미 목소리에 짜증이 묻어 나왔다.

"설명은 보그 쪽에다 드리면 안 될까요? 시간도 절약하고."

강토가 잘라 말했다.

"자신 있어?"

오 팀장이 물었다.

"네."

"그럼 그렇게 하죠?"

오 팀장이 제이미를 바라보았다.

"안 돼요. 강토가 기체색층분석기는 아니잖아요? 이렇게 서둘렀다가 틀리면? 무슨 망신이에요?"

"그럼 제이미 선생님은 특별한 수가 있나요?"

"……."

제이미 얼굴이 창백하게 변한다. 이 안에서 무슨 특별한 수가 있을까? 이런 구분법은 검색해도 나오지 않는다.

"제 생각인데 지금 방법이 없으면 1시간이 지나도 방법은 없어요."

오 팀장이 팩트를 상기시켰다.

"하지만……."

"게다가 저는 이미 강토의 능력을 보았거든요. 우리 아네모네 농장에서 향 포집할 때."

"팀장님."

"그때 스타니슬라스 박사님도 오셨었는데 그분도 인정을 했어요. 물론 우리 아네모네의 기체색층분석기에서도 입증되었고."

"……."

"저기요."

오 팀장이 손을 들어 보였다. 유리 밖에 있던 이사벨과 애니가 들어왔다.

"……?"

둘의 시선이 강토 앞으로 쏠렸다. 아홉 향 원료가 가지런히 분류가 된 것이다.

"저희 세 사람의 결론에 의하면."

강토가 입을 열자 제이미가 촉이 전격 반응을 했다.

저희 세 사람.

자기까지 포함하는 단어였다.

강토를 돌아보는 순간, 강토의 설명이 이어졌다.

"이 향료는 이렇게 구분이 되었습니다. 호주 것이 하나, 아프리카가 두 개, 그리고 나머지 여섯은 마다가스카르의 원료입니다. 기준은 향 원료와 소품의 냄새 분자입니다. 호주의 것은 거친 사막 느낌에 광활함이 느껴집니다. 아련한 아쿠아도 그렇고요. 마다가스카르의 바오밥들은 바다 냄새가 훨씬 더 진하네요. 그런 냄새 분자를 가진 향료는 여섯 개, 그렇다면 이 분류에서 빠지는 나머지 둘은 아프리카 것이 틀림없습니다."

강토가 향 원료 병들을 가리켰다.

강토는 보았다.

이사벨의 눈동자가 흔들리는 걸.

그녀의 부탁은 거짓이었다. 이건 아네모네 팀을 향한 테스트였다. 그녀들만 아는 표시가 있다. 미묘하게 변하는 그녀의 체취로 보아 틀림없는 사실이었다.

"설명부터 신뢰가 가는군요. 당신을 믿고 기사를 진행하겠어요."

이사벨은 토를 달지 않았다. 그것은 곧 강토의 분류가 적중

했다는 뜻이었다.

"휴우."

제이미가 한숨을 돌렸지만 그 안도는 바로 끊어져 버렸다. 강토 입에서 나온 발언 때문이었다.

"그럼 이제 진짜 검증을 하시죠."

강의 표정은 프리지아나 아이리스꽃처럼 여리여리 부드러웠다. 하지만 그 눈빛에는 범접하기 어려운 광채가 또렷했다.

이사벨은 당황했다. 은근슬쩍 검증이 끝난 상태였다. 이제 그 사실을 자백할 생각이었다.

그런데.

동양에서 온 이 어린 조향사.

그녀의 의표를 사정없이 찔러 버린 것이다.

진짜 검증.

이렇게 되니 새로운 검증을 만들어야 할 판이었다.

"저희도 기대가 되는군요. 보그의 검증 말입니다."

강토는 한 수 더 앞서 나갔다. 이사벨의 등골에 얼음이 맺힌다.

만렙 뉴비.

그 단어가 머리를 치고 갔다. 향수 변방 코리아의 뉴비. 아니, 경력과 나이를 초월한다고 해도 이토록 긴장을 즐기는 조향사는 처음이었다. 이사벨이 뷰티 에디터가 된 후로는.

이사벨이 애니를 바라보았다. 당황하기는 그녀도 마찬가지였다. 자칫 조향사의 수준을 체크하기는커녕 보그의 수준이 드러날 판이었다.

잔뜩 긴장한 오 팀장나 제이미와 달리 강토는 느긋했다. 잘난 척하고 싶어서가 아니었다. 강토는 두 가지가 궁금했다. 보그의 수준과 보그가 가지고 있는 향수 자산들. 눈에 보이는 저 향수 자료가 아니라 또 다른 것을 기대하는 것이다.

"후우."

이사벨의 한숨 소리가 안으로 넘어갔다. 그러나 그녀들은 역시 보그의 정예들이었다. 강토의 도발(?)을 응징하려는 듯 새로운 향수를 준비한 것이다.

무려 아홉 개의 향수.

그러나 결코 흔히 볼 수 없는 명작들.

"우리 보그 뷰티 파트에서 보물처럼 아끼는 향수들이에요. 진품도 있고 카피본도 있는데 이 역시 기증되는 대로 받아 두다 보니 호기심이 생기네요. 진품, 카피본 구분과 함께 출시 연도별 분류가 가능할까요?"

"……."

"이것도 1시간 드리죠."

이사벨의 미션이 나왔다.

멀게는 100년 이상 된 것에서 가깝게는 50여 년 전의 향수들……

오 팀장과 제이미의 긴장 강도가 극한으로 치솟았다.

하지만.

강토의 기쁨은 반대로, 두 배로 치솟았다.

*   *   *

아홉 개의 향수.

뚜껑을 연 제이미, 코를 가다듬기도 전에 울상이 되었다. 난감하기는 오 팀장도 같았다. 조향사라고 지구상의 모든 향수를 아는 게 아니었다. 게다가 제시된 향수의 일부는 레이블이 완전히 벗겨진 것도 있었다.

"이건 비누처럼 파우더리한 걸 보니 리브 고슈 같은데?"

오 팀장이 일단 한 건을 올렸다.

"이것도 파우더리하거든요?"

제이미가 다른 향수를 들어 보였다.

"쿠마린에 장미의 리날롤, 독특한 바닐린… 이건 겔랑의 지키 같아요."

"이 향은 굉장히 순수하네? 설마 겔랑이 1973년에 만든 파뤼르?"

"얘는 말 냄새가 나니 1963년의 아비루즈?"

오 팀장과 제이미의 의견이 바빠진다. 그러나 결론은 나지 않는다. 레이블이 없거나 거의 벗겨졌기 때문이었다. 향의 포뮬러에 향수 용기, 출시 연도까지 다 꿰고 있을 조향사는 거의 없었다.

"혈압 오르네."

제이미가 먼저 머리를 저었다. 그 눈에는 강토에 대한 원망
이 담겨 있었다.

"강토 씨가 너무 나대서 엿 먹이는 거 아니겠어?"

결국 노골적인 불만이 터지고 말았다.

"그럼 포기할까요?"

강토가 두 사람을 바라보았다.

"이건 무리야. 차라리 쿨하게 포기하는 게 낫지 않을까?"

오 팀장은 솔직했다.

"선생님은요?"

강토가 제이미 의향을 물었다.

"미치겠네. 보그까지 와서……."

그녀가 거친 한숨을 삼킬 때 강토가 다시 손을 들었다. 이
사벨과 애니가 들어섰다.

"벌써 분석이 끝났나요?"

이사벨은 살짝 긴장하는 눈치였다.

"발표는 제가 하겠습니다."

"어머, 이번에는 다른 분들 설명을 듣고 싶은데?"

이사벨이 슬쩍 견제구를 날렸다.

"여기 두 분은 어제 이벤트장에 집중하느라 목이 좀 아프십
니다. 게다가 우리 코리아에서는 아랫사람이 윗사람을 수행하

는 게 예의거든요."

"괜찮겠어요?"

"허락하신다면요. 저희는 이미 의견 조율이 끝났으니까요."

"그렇다면 우리도 상관없어요."

"먼저 향수의 연대별 줄을 세운다면……."

강토가 아홉 향수병을 끌어당겼다.

그런 다음에 레고를 다루듯 줄을 세웠다. 거침도 없고 주저
도 없었다.

―지키

―디오라마

―크레페 드 신

―샨다롬

―아비루즈

―샤마드

―리브 고슈

―오 드 콜로뉴

―이데알

"연대별 순서는 이렇게 하겠습니다."

"……?"

애니가 아이패드를 확인하기 시작했다. 그런 다음에 이사벨
에게 화면을 확인시켰다.

"일곱 개는 맞혔는데 두 개는 틀렸네요. 그래도 굉장한 수

준이긴 합니다만……."

이사벨의 미소가 미묘했다.

"어떻게 틀렸다는 거죠?"

강토가 묻자 이사벨이 줄을 제대로 맞춰 놓았다. 뒤쪽에 있
던 오 드 클로뉴와 이데알이 앞으로 이동을 했다.

"드 클로뉴는 나폴레옹 시대의 향수고 이데알은 저 유명한
앙투아네트의 시그니처처럼 불리던 우비강의 작품이거든요."

이사벨의 설명에는 보그의 권위가 실려 있었다. 하지만 이
번에는 강토의 미소가 미묘했다. 조금도 당황하지 않는 것이
다.

"그 말씀이 정확한가요?"

"당연하죠. 향수의 역사를 봐도……."

"제 말은……."

강토가 이사벨의 발언을 막았다.

"……?"

"향수의 역사가 아니라 안에 든 향수를 말하고 있는 겁니
다."

"뭐라고요?"

"오 드 클로뉴는 단일 노트죠. 그러나 나폴레옹 시대에 만
든 향은 아닙니다. 누군가 그 포뮬러를 분석해 새롭게 만든
겁니다. 그러니 병만 오 드 클로뉴이지 향은 다른 향수보다
후대의 것입니다."

"……?"

"마찬가지로 우비강의 이데알도 그렇습니다. 그것 역시 포뮬러가 사라졌죠. 여기 든 향수는 오드 클로뉴와 마찬가지로 기체색층분석기 같은 것을 통해 밝혀진 향으로 만든 최근의 것입니다. 증거는 치명적인 황홀감이죠. 앙투아네트는 피란길에도 이걸 뿌릴 정도로 중독성이 강한데 이 향의 중독성은 그 정도가 아닙니다. 물론 아직 제맛을 낼 시간이 못 되긴 했습니다만."

"이, 이봐요."

"카피본 향수는 위의 설명으로 대신해 주십시오."

"……!"

이사벨의 이마에 또 한기가 서렸다. 어느 틈에 카피 문제까지 해결하고 있는 강토. 이번에도 강토의 페이스에 말리고 있다는 불안감이 밀려왔다.

아니나 다를까.

"한 가지 더 덧붙여도 될까요?"

강토의 부연이 나왔다.

"무슨?"

"이 테스트 말입니다. 아홉 향수의 출시 연도 분류와 카피본의 구분……."

"……?"

"저희에게 한 시간을 주셨죠?"

"네……."

"그 옵션 때문에 이건 무효입니다."

강토가 아홉 향수를 건드려 다시 섞어 버렸다.

"이봐요."

이사벨이 정색을 하자 오 팀장과 제이미 역시 얼굴색이 파랗게 변했다. 여기는 보그였다. 저들의 안방이다. 지금 아쉬운 건 아네모네 팀이었다. 그런데 윤강토, 저들에게 잘 보이기는커녕 마구 심기를 건드리고 있었다.

하지만.

강토의 설명은 더 묵직해지고 있었다.

"우비강의 이데알 재현은 들은 적이 있습니다. 그러나 그 향수는 최소 3시간이 지나야 제맛이 난다고 하더군요. 나아가 녹색의 톱노트, 그 도도하면서도 순수한 파우더리의 진수를 자랑하는 샤마드 역시 2시간이 지나야 매력을 알 수 있습니다. 그런데 1시간… 핵심을 모른 채 평가하라는 것과 다르지 않습니다. 이건 성립될 수 없는, 되어서도 안 되는 것이라고 생각합니다."

어느 새 아홉 향수를 챙긴 강토가 애니에게 밀어 주었다. 그 태도는 오만이 아니라 우아한 품격이었으니 애니는 이사벨을 돌아보며 숨을 고를 뿐이었다.

"……."

"새로운 테스트를 하시겠습니까?"

강토가 또 물었다. 그 태도 역시 정중의 극치를 달리고 있었다.

"오 마이 갓."

결국 이사벨 입에서 승복의 한숨이 나왔다.

그녀가 강토를 향해 엄지척을 쾌척했다. 쿨한 설명이 이어졌다.

"정말이지 당할 수가 없네요. 테스트를 하는 우리가 당황하기는 처음이에요. 당신들의 후각과 향수에 대한 센스, 진심으로 인정합니다."

짝짝.

이사벨이 박수를 쳤다. 애니 역시 그 뒤를 잇는다. 놀란 제이미가 강토를 돌아보았다. 강토는 우쭐하지 않고 있었다. 조금도…….

체취에 따라 변해 버린 향수.

서로 다른 지역의 바오밥 향료.

그리고 보그의 자존심을 추락시킨 아홉 고전 향수 문제들.

게다가.

혼자 잘난 척해도 될 것을 오 팀장과 제이미까지 배려하는 저 여유와 마음의 사이즈.

"……!"

제이미는 비로소 하늘이 아뜩해지는 것을 느꼈다. 어린, 경험 없는, 신참인, 검증 안 된, 어쩌다 운이 좋아… 온갖 이유로 평가 절하 하던 강토의 조향 세계… 이제야 그녀가 넘볼 수 없는 강토의 세계가 제대로 느껴진 것이다.

'아아.'

본격 인터뷰가 시작되자 제이미가 변했다. 총알처럼 튀어 강토보다 돋보이려는 태도는 보이지 않았다. 그녀의 입이 제대로 열린 건 코리아의 조향사로서의 각오를 물을 때뿐이었다.

"우리 닥터 시그니처처럼 천재적인 후배가 있으니 유럽 조향사들도 긴장해야 할 것으로 생각합니다."

제이미.

여기서 처음으로 강토에게 닥터 시그니처라는 호칭을 사용했다.

유럽 조향사들과 같은 반열에 올려놓았다.

그녀로서는 초유의 일.

강토를 공식 석상에서 인정하고 마는 제이미였다.

"여러분."

인터뷰가 끝나 갈 때 높은 목소리가 들려왔다.

"인사하세요. 저희 보그의 안나 레이첼 편집장님이십니다."

이사벨이 일어나 새로운 여자를 맞았다.

"어머, 안나 레이첼?"

오 팀장과 제이미가 기겁을 한다.

보그의 편집장.

보통 잡지사의 편집장과 격이 다르다. 40대 초반의 이 여자는 움직이는 유행 제조기로 불렸다. 패션이면 패션, 향수면 향수, 그녀가 선택하면 역사가 되는 것이다. 그렇기에 웬만한 명사가 아니고는 미팅조차 꿈꾸지 못하는 일. 그런 거물이 들어섰으니 오 팀장과 제이미가 놀랄 수밖에 없었다.

"코리아에서 굉장한 조향사들이 오셨다고 해서요."

그녀가 강토네 일행을 바라보았다. 활기찬 얼굴에는 자신감이 넘친다. 그런데, 마침 그녀가 뿌린 향수도 하트노트가 아이리스였다.

"아이리스 향수를 만든 분이 누구죠?"

"접니다만."

강토가 손을 들었다.

"미안하지만 혹시 시향 가능할까요?"

"물론이죠."

오 팀장이 비장의 무기를 꺼내 주었다. 차 선생이 재치로 남겨 둔 마지막 세트였다.

치잇.

향수가 분출되었다. 레이첼은 두 번을 뿌렸다. 그런 다음 부채질을 하듯 두어 번 흔들더니 코로 가져간다. 그녀의 시향 또한 메디치나 스타니슬라스의 그것처럼 신중하고 우아했다.

마이 갓.

편집장 레이첼이 한숨을 쉬었다.

"……?"

오 팀장과 이사벨 등은 감상이 궁금했지만 차마 방해하지 못했다.

"이 향… 그라스의 고전에서 길어 왔군요. 지금은 사라진 200여 년 전의 정통 아이리스 기법. 그 투박함에서 걸러 낸 투명한 파우더리… 맞나요?"

"……!"

놀란 건 강토였다. 보그의 편집장, 패션뿐만 아니라 향수에 대한 내공도 대단해 보였다.

"맞습니다."

강토가 동의를 했다. 감출 수도, 감출 것도 없었다.

"대단하네요. 유럽 조향사도 아니고… 동양의 조향사가… 유럽 조향사들도 가지 않는 오리지널의 길을 이토록 디테일하게……."

"고맙습니다."

"혹시 진로를 물어봐도 될까요? 글로벌기업? 아니면 명품 향수 회사로 진출하나요?"

"향 전문 하우스로 갑니다."

"반가운 말이군요. 당신 같은 사람은 거대한 시스템보다 자유로운 창작이 어울려요."

"……."

"작품이 나오면 연락을 주세요. 모처럼 짜릿한 기다림이 될 것 같습니다."

레이첼이 명함을 꺼내 주었다. 옆에 있던 이사벨이 놀라는 표정을 지었다. 이벤트에서 신선한 반향을 이끌어 냈다지만 아직 어린 뉴비였다. 그런 사람에게 직통 번호가 적힌 명함을 주는 건 드문 일이었다. 하긴 그녀가 인터뷰장에 내려온 것부터가 대사건이었다.

"편집장님."

강토네 일행이 나가자 이사벨이 레이첼을 바라보았다.

"왜?"

"굉장한 파격을 보이셔서요."

"굉장한 능력자들이라고 보고한 건 자기와 애니야."

"그렇긴 하지만……."

"감이 왔어."

"감이라면?"

"솔직히 후각이 뛰어난 조향사는 여럿 있었지. 하지만 극히 일부를 제외하고는 향료 감별이나 하면서 평생을 소모했지 명작을 남기지는 못했어."

"……"

"아니야? 12년 전에 피렌체를 떠들썩하게 했던 레종이 그렇고 우리 뉴욕에서도 그랬지? 제2의 조 말론이라던 그 친구들, 기껏해야 빅보이스의 오더에 목매는 향수 제조 공장(?) 기술자가 되었을 뿐이잖아? 이유는 단 하나, 기본기와 창의성 결핍이지."

"……"

"그런데 이 사람, 닥터 시그니처? 이 사람은 둘 다를 갖췄어."

"……?"

"뛰어난 후각에 뛰어난 감각. 이 향수 말이야, 그라스의 오리지널에 충실한 게 아니라 오리지널 그 자체이자 업그레이드판이야. 완벽한 기본기를 갖췄다는 거지. 이런 사람이 작심하고 창작에 몰두하면 어떨까? 이사벨이 좋아하는 메이저리그의 투수, 스피드와 컨트롤에 이닝이터, 멘탈까지 소유하고 있다는 사람 말이야. 저 친구 눈빛을 보니 지상의 모든 냄새를 다 빨아들이는 것 같던데 뭐가 다르겠어?"

"……."

"기사 크게 내 주고 계속 관심 갖다가 신작 향수 나오면 바로 내게 알려 줘. 그것만 제대로 터지면 저 친구, 유럽을 정벌할지도 몰라. 그렇게 되면 자기도 인정을 받겠지. 뉴비일 때 인터뷰를 했으니까."

"그 정도일까요?"

"내기할까?"

이사벨을 돌아보는 레이첼은 기대감으로 가득했다.

제5장
—
강자의 향기

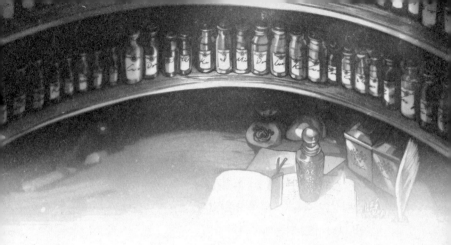

"닥터 시그니처."

로비로 나오자 오 팀장이 손을 들어 보였다.

짝.

강토가 하이 파이브를 작렬시켰다. 그런 다음 제이미에게 이어 주었다. 잠시 주저하던 제이미가 강토의 손바닥을 쳤다.

짝.

소리가 청량했다. 그녀와의 불협화음이 다 달아나는 것 같았다.

"우리 인증 샷 하나 찍어요. 미국 보그 인터뷰 기념."

오 팀장이 보그 로그 앞에 섰다. 강토와 제이미도 구도를 맞춰 주었다.

찰칵.

카메라가 신나게 돌아갔다.

"기분이다. 두 분, 뭐든 말해 보세요. 내가 보그 인터뷰 기념으로 기념품 하나씩 사 드릴게요."

오 팀장의 폭주는 멈추지 않았다.

"안 그러서도 되는데……."

강토가 사양하자,

"안 돼. 향수도, 인터뷰도 강토 덕만 봤으니 지갑으로라도 만회해야겠어."

"그럼 저 진짜 비싼 거 살지도 모르는데요?"

"까짓것, 카드 할부 긁지 뭐. 그걸로도 모자라면 법인카드도 있고……."

"인터뷰 신세는 나도 졌으니 법인카드 말고 같이 내요."

제이미도 합세를 했다.

"자, 말해 보시죠, 닥터 시그니처, 뭐가 필요하신가요? 이건 선택이 아니라 의무입니다."

오 팀장은 순순히 물러설 표정이 아니었다.

"그러시면 어디 가서 시원한 음료수 한잔 어때요?"

"그럼 저기 성패트릭 성당 가서 마그넷 득템한 후에 미슐랭 쓰리스타 르 버나딘에서 씨푸드 어때? 저 성당 마그넷이 우리 원장님 청탁(?)이거든. 르 버나딘은 한 번 가 봤는데 카르파초와 진한 비스크 소스의 크랩이 예술인 데다 피시와 와규를 동시에 맛볼 수 있는 서프앤터프도 끝내줘. 뭐 디저트로 나오는 금박의 초콜릿과 라스트의 뿌띠뿌르는 그냥 막 감동덩어리고. 어때?"

"콜입니다."

강토가 접수했다. 너무나 열심히 설명하니 거절할 수 없었다.

"실장님과 통화했어. 저녁에 브루클린에서 열리는 패션쇼에 같이 갈 수 있도록만 맞춰서 오라시네?"

오 팀장의 표정이 가뜬해졌다.

동시에 바빠졌다.

그녀가 레스토랑에 예약을 했다. 다행히 2시간 후의 테이블 하나가 비었단다. 그 정도면 딱이었다.

성패트릭 성당으로 가는 길은 붐볐다. 뉴욕의 명물이자 관광 코스기 때문이었다. 뉴요커들도 사랑하고 관광객들도 사랑하는 장소다 보니 인파가 그칠 날이 없다.

그들 가운데 서서 후각을 세웠다. 각국 사람들의 향수를 맡을 수 있는 기회였다. 강토가 놓칠 리 없다. 몇 번 집중하다 보니 체취만으로도 저들의 국적을 알 것 같았다.

중국인에게서는 중국 냄새가 나고.

영국인에게서는 영국 냄새가 났다.

당연히 한국인에게서도, 프랑스인에게서도 그들의 냄새가

났다. 강토만 아는 저 미립자 냄새 분자의 세계…….

그러다가…….

"……?"

강토가 주의를 돌렸다. 불쾌한 향수 때문이었다. 완전 인공 향료 노트였다. 고정제 역할을 하는 벤조페논도 과하게 들어 갔다. 산화 방지를 위해 톨루엔도 출석 중. 문제는 그걸 뿌린 여자가…….

임신이라는 거였다.

어디서 왔을까?

체취를 보아 중국 여자였다. 나이는 36세, 옆의 남자를 보니 복장이 커플링이다. 신혼여행을 온 관광객인 모양이었다. 성당 입구에서 안내원에게 뭔가를 영어로 묻고 있다.

"왜?"

강토가 시선을 거두지 않자 오 팀장이 물었다.

"저분 향수가… 좀 저급해서요."

"그래?"

"그런데 여자가 임신을 했어요. 초기네요. 체취를 보니 즐겨 쓰는 향수 같은데 뿌리는 양도 적지 않아요. 오래 쓰다 보니 중독이 된 거겠죠."

"그런 사람들 많지. 쓰던 향에 익숙해지면 다른 거 시도하기 귀찮으니 그것만 쓰고… 처음에는 한두 번 뿌리다가 나중에는 네 번, 다섯 번……."

"어쩌겠어요. 향수라는 게 많이 뿌리면 좋은 줄 아는 사람
도 많으니……."

제이미가 혀를 찼다.

"그럼 우리가 알려 줘야죠."

강토가 웃었다.

"어쩌려고?"

오 팀장이 강토를 바라보았다.

"발 연기 한번 하자고요. 태아는 살려야죠."

강토가 두 여자의 손을 끌었다.

"향수 영감이 막 떠오르는 것 같지 않나요?"

성당 안으로 들어왔다. 중국인 커플을 옆에 두고 은근한 대
화를 펼치는 강토였다.

"그랬으면 좋겠어. 이 향수도 영감이 좋으니까 좋은 향이 나
오더라고."

제이미가 향수병 하나를 들어 보였다. 병이 예쁜 향수였다.

"하트노트가 뭐죠?"

"로즈와 재스민, 재스민은 중국 것을 썼어."

"음, 향 죽이는데요?"

코를 들이댄 강토가 분위기를 잡아 주었다. 중국 여자가 돌
아본다. 중국이라는 단어를 들은 것이다. 보아하니 향수 이야
기다. 향수병도 보인다. 대화로 보아 향수 전문가들이다. 여자
라면, 관심 한 번 주는 게 어려울 일도 아니었다.

기회를 잡은 강토가 바로 핵심을 찔렀다.

"자연 향료만 쓰신 건가요?"

"당연하지. 나는 임산부들 시그니처만 만들잖아? 임산부들은 태아 때문에 자연 향료의 향수만 써야 해. 인공첨가물이 들어간 걸 많이 뿌리면 그 성분들이 모유와 탯줄을 타고 전달되거든."

"임산부들은 향수도 중요하군요?"

"그럼. 태아가 인공 향료에 자주 노출되면 신경계와 호르몬계의 교란이 일어날 수도 있어. 아직 그런 사실을 모르는 임산부들이 있다는 게 문제지만."

"그러고 보니 인공 향수 냄새가 나는 것 같은데?"

강토가 주변을 돌아본다. 중국 여자를 가볍게 탐색하고 지나친다. 그녀가 고개를 숙인다.

"그만 가자."

제이미가 강토를 끌었다. 앞으로 진행하면서 중국 커플을 돌아보았다. 여자의 시선은 강토네 쪽에 있었다. 얼굴은 그새 상기가 되었다.

"들었을까?"

커플을 지나치며 오 팀장이 속삭였다.

"네."

강토가 답했다. 체취 때문이었다. 하지만 만에 하나 듣지 못했다고 해도 어쩔 수 없었다.

―당신 임신이죠?

―지금 쓰는 향수 퀄리티 꽝이거든요. 아기에게 해로우니
바꾸세요.

향수 이벤트장이라면 몰라도 낯선 거리였다. 처음 보는 사
람을 붙잡고 그렇게 말할 수는 없는 일이었다.

성당을 돌았다.

고개를 들면 돔구장을 보는 듯 천장이 높았다. 이곳의 묘미
는 디테일이었다. 그냥 보면 규모가 큰 성당이지만 작은 조각
하나마다 개성이 넘쳤다. 그 개성의 냄새를 다 빨아들였다. 성
당의 건축이 시작된 1800년대부터 지금까지 전부.

"자연이 부르네?"

성당에서 나오자 제이미가 두리번거렸다. 성당 안의 작은
공원, 그 안에 그 자연이 있었다. 하지만 사람은 좀 많아 보였
다.

"같이 가요."

오 팀장도 그녀 뒤를 따랐다.

혼자 남은 강토는 둥근 수로의 물 냄새를 맡았다. 성당 안
의 물이라 그런지 성 시트러스가 떠올랐다.

[베르가모트, 네롤리, 체드라타, 레몬]

상상 속에서 조향을 한다.

[소합 향, 나감 향, 풍차 향, 유향, 소금]

성당 안이니 성서 속의 유향도 만들어 본다.

그런 다음 우거진 정원을 불러낸다.

[로즈마리, 라벤더, 월계수, 세이지, 오레가노, 타임, 클로브와 주니퍼, 그리고 사이프러스의 향……]

여러 향이 더해지자 세계가 바뀐다. 강토 눈앞에 가득하던 빌딩 숲이 사라지고 겹겹의 정원이 펼쳐졌다.

하지만.

이 환상은 바로 깨져 버렸다.

환상 속에서 조향을 했기 때문이 아니었다.

비명이 들린 것이다.

"까악."

"폴리스, 폴리스."

50대의 백인 여성이 화장실 앞에서 악을 쓰고 있었다. 성당 관계자와 경찰들이 달려왔다. 엉망이었다. 더 엉망인 건 오 팀장과 제이미가 화장실 안에 있다는 사실이었다.

호리호리한 백인 여성은 친구와 함께 여자 화장실의 입구를 막았다. 아무도 나가지 못하게 하는 것이다.

성추행은 아니었다.

그녀의 목소리가 강토에게까지 들려왔다.

"내 반지가 사라졌어요."

여자의 목소리는 천둥에 가까웠다. 동시에 경찰들을 볶아 댔다.

"아무도 못 가게 하세요. 저기 걸어가는 두 여자, 저 여자들

도 아까 화장실 안에 있었어요. 저기 연못 앞의 저 여학생도
요."

여자의 지목을 받은 사람들이 화장실 앞으로 불려 왔다.
관광객이 붐비는 시간이라 여자 화장실도 초만원. 여자가 분
실한 건 고인이 된 남편이 프러포즈 때 세트로 준 진주 반지
였다. 살이 빠지면서 반지가 헐거워 잠시 빼놓고 손을 씻었다.
그런 다음 화장을 고치던 중에 친구가 부르자 깜빡 잊고 돌
아섰다.

"어머, 내 반지."

손이 허전한 걸 알고 돌아간 시간은 고작 2분 정도. 반지는
그 자리에 없었다.

"나에게는 목숨과도 같은 거라고요."

여자는 거의 실신 직전이었다.

"이봐요, 우린 스케줄이 있어요. 빨리 가야 해요."

"나는 곧 비행기를 타야 해요."

"자기가 부주의해서 분실해 놓고 왜 모든 사람을 의심하나
요?"

"당신, 진짜 잃어버린 거 맞아요?"

화장실 입구와 안에 있었다는 이유만으로 발이 묶인 여자
들, 불만을 쏟아 내기 시작했다.

심지어는.

"얼마입니까? 내가 사 줄 테니 가게 해 주세요. 나는 레스토

랑에 예약이 있어요."

신용카드를 흔드는 귀부인도 있었다.

"그건 돈으로 살 수 없는 거예요. 알기나 해요?"

여자가 앙칼지게 쏘아붙였다.

결국 수색이 시작되었다. 화장실 안을 뒤지고 손 세척액과 세면기 주변을 샅샅이 뒤졌다. 세면기 구멍에 빠졌을 수도 있으니 트랩을 분해해 오물 찌꺼기까지 확인을 했다.

여자들은 여경의 수색을 받았다. 소지품도 죄다 까야 했다. 화장실 안에는 CCTV가 없었으니 용의자를 특정 지을 수 없었다.

반지는 나오지 않았다.

"어쩌죠?"

여경이 남자 선임을 바라보았다.

"젠장."

"전부 다 서로 데려가야 할까요?"

"이 많은 사람을?"

선임이 난색을 표했다. 화장실에 연루된 사람만 20여 명이 넘었다. 그중 절반 이상이 외국인 관광객이었다. 여자가 분실한 반지는 당시 500달러짜리 풀 세트. 반지만 보면 100달러 정도에 불과하다. 그러나 의미가 깊었으니 돈으로 따질 수 없었다.

게다가 결정적으로.

"오빠가 테너스 모넌햄이라네요."

여경이 어깨를 으쓱했다.

"모넌햄? 우리 청 고위 간부?"

끄덕.

여경은 고갯짓으로 대답을 대신했다.

"쉐엣!"

선임이 입술을 깨물었다. 성질 더러운 상사였으니 도리가 없었다. 정밀한 검사를 위해 용의자(?) 전체를 경찰서로 옮기는 수밖에 없었다.

"무슨 소리야? 나는 아니라고."

"비행기 시간이 가깝다니까."

반발이 폭풍처럼 터져 나왔다. 난감하기는 오 팀장도 다르지 않았다. 소란 속에서 시간이 흘러갔다. 별 세 개 맛집은커녕 저녁 시간의 패션쇼도 장담하기 어려웠다.

강토가 나선 게 그때였다.

"저기요."

"뭡니까?"

여경이 각을 세우며 강토를 막았다.

"향수 뿌리셨네요? 로즈에 티무트 페퍼? 이거 포도와 자몽 냄새 나는 후추 맞죠?"

"이봐요?"

강토의 돌발에 여경 인상이 구겨졌다. 벌집을 쑤신 것 같은 분실 사건 현장에서 향수 타령이라니?

"저 안에 제 일행이 있거든요."

"그래서요?"

"우리가 레스토랑 예약 시간이 임박했는데… 지금 반지 찾고 계신 거죠?"

"그래서요?"

"제가 조향사거든요. 아시겠지만 조향사는 후각이 남다릅니다."

"이봐요."

"5분만 주시면 제가 반지를 찾아 드릴 수 있습니다."

"뭐라고요? 지금 장난해요?"

"이것 좀 보시겠어요?"

강토가 핸드폰 화면을 내밀었다. 전에 보았던 조 말론의 이야기였다. 남편의 초기 암을 체취로 발견했다는 기사. 영어로 된 것이니 여경이 못 읽을 리도 없었다.

"반지는 이것보다 쉽죠. 어차피 이 많은 분들 경찰서로 모셔 가기도 힘들 테니 차라리 저한테 5분을 투자하는 게 낫지 않겠어요?"

"이봐, 당신이 조향사라는 건 어떻게 믿어? 게다가 그런 후각을 가지고 있다는 건? 자칫하면 저분들 분노에 기름을 부을 수도 있거든."

듣고 있던 선임이 거부 의사를 밝혔다.

"방금 보그에서 인터뷰를 하고 나온 길입니다. 그거면 되겠습니까?"

강토가 편집장의 명함을 보여 주었다.

"보그……?"

"그럼 이건 어떻습니까? 당신 뒷주머니 말입니다. 신용카드 두 장과 100달러 열 장, 10달러 두 장이 들었군요. 제 말이 맞으면 기회를 주시기 바랍니다. 단지 반지를 분실한 분을 제 앞으로 불러 주는 거면 충분합니다."

"이봐, 내 지갑에는 10달러짜리 두 장뿐이야. 허튼소리 말고……?"

주머니를 까던 선임 눈빛이 굳었다. 지갑 뒤에서 100달러들이 묻어 나온 것이다.

"……!"

선임은 잠시 아찔했다. 점심의 일이 떠올랐다. 지난밤에 검거한 사기범, 그 형수가 찾아왔기에 만났다. 잘 부탁한다며 오버액션을 하더니 돈을 찔러 넣은 모양이었다.

"5분 드리지. 하지만 저분들 심경을 건드리는 일은 하지 마시오."

선임은 결국 강토 요청을 받아들였다.

여경이 반지 분실자를 데려오자 목과 귀에 남은 세트의 냄새를 맡았다.

"다섯 번째에 선 여자가 범인입니다."

20여 명의 여자들을 체크한 강토가 선임에게 속삭였다.

"무슨 증거로?"

선임이 질색을 했다.

"반지를 숨기려면 손으로 잡았겠죠. 손에서 반지 냄새가 납니다."

"하지만 수색에서는……."

여경이 난색을 표했다.

"안 나왔겠죠. 가방이나 지갑이 아니라 당신들 손으로 만질 수 없는 곳에 있으니까요."

"만질 수 없는 곳? 버렸다는 건가?"

"맞습니다."

"어디다?"

"장소는……."

강토가 여경 귀에 대고 속삭였다. 잠시 고민하던 여경이 보그에 전화를 걸었다. 영상통화가 되니 레이첼이 강토를 확인하고 보증을 서 주었다.

—신의 후각이죠. 한번 믿어 보셔도 될 것 같은데요?

레이첼의 말을 들은 여경이 결심을 했다. 다섯 번째에 선 여자를 부른 것이다.

15분쯤 지나자 여경이 돌아왔다. 여경은 혼자였다.

"여러분, 아까 그 여자가 범인입니다. 여러분은 돌아가셔도 됩니다."

여경이 사태의 종결을 알렸다.

"그럼 반지를 찾았다는 건가요?"

분실자가 여경에게 물었다.

"확보만 했습니다."

"확보만?"

"반지를 삼켰더군요. 저분 말대로 병원에서 X─ray를 찍었더니 반지가 보였어요. 변비가 심하다니 언제 나올지는 모르지만 기다리기만 하면 될 것 같습니다."

"……"

분실자가 두 눈을 끔뻑거렸다. 반지를 찾은 건 행복했지만 기묘한 상황에 할 말을 잊은 것이다.

"고맙습니다. 의심해서 죄송하고요, 덕분에 사건을 해결했습니다."

여경과 선임이 정중한 사과를 해 왔다.

"미안하지만 인사는 나중에 받을게요. 우리가 시간이 좀 촉박해서요."

간단하게 마무리를 했다.

레스토랑 예약 시간이 박두했다. 오 팀장과 제이미를 구출한 강토는 뒤도 보지 않고 뛰었다. 어차피 형식적인 인사보다야 뉴욕 대표 맛집이 우선순위니까.

뿌띠뿌르? 그 맛은 어떨까? 향은? 강토의 호기심이 먼저 레스토랑으로 달려갔다.

                    *   *   *

"어때?"

제이미가 목을 빼고 강토에게 물었다. 은근한 조명을 등진
그녀 모습이 처음으로 순수해 보였다. 그녀가 명품 와인의 대
명사로 불리는 슈발블랑을 쏴서 그런 건 아니었다.

체취도 그랬다.

늘 이기적이고 모난 우월감으로 톡톡거리던 그녀의 체취.
이 순간만은 파우더리한 노트의 포근함과 만다린의 달콤함을
닮고 있었다. 그것은 곧 그녀가 강토에 대한 견제와 우월, 무
시 따위의 부정적인 마음을 내려놓았다는 증거였다.

"팀장님은요?"

시음 소감은 오 팀장에게 넘겼다. 식사는 그녀가 쏘기로 했
다. 인당 무려 260불짜리 코스였다. 문제는 다만 와인이었다.

"오늘 최고의 와인은 뭐죠?"

오 팀장이 종업원에 묻자.

"점심에 레귤러 손님께서 슈발블랑을 예약하셨는데 예약
을 다음 주로 미루셨습니다. 원하시면 그걸 드릴 수 있습니다
만……."

"주세요. 이건 제가 쏠게요."

오 팀장이 가격을 물을 때 제이미가 콜을 날려 버렸다.

"이게 2006년산으로 가격이 1,900달러입니다."

종업원이 부연을 했다.

"주세요."

제이미는 직진이었다.

1,900달러.

무려 200만 원 언저리의 고가였다. 한턱내기에는 무리인 액수다.

강토와 오 팀장이 그렇게 생각할 때 나온 제이미의 말이 더 충격이었다.

"행운이네요. 두 분에게 이 정도는 쏘고 싶었어요."

우려를 격상으로 지워 버린다. 표정을 보니 진심이다. 꿍꿍이도 없어 보였다. 그렇게 결정이 된 명품 와인이었다.

"슈발블랑… 이게 백마라는 뜻이라서 여자들이 마시면 백마 타고 오는 왕자님을 만난다는 건데… 진하고 정갈한 블루베리 향이 일품이네요? 우리 닥터 시그니처는?"

오 팀장의 평이 강토에게 돌아온다.

"입안 가득 향이 퍼지더니 코를 따라 마음 깊이 새겨져요. 와인이지만 굉장히 센슈얼한데요?"

강토의 시선이 제이미에게 건너갔다.

"두 분이 좋아하니 좋네요."

제이미가 환하게 웃었다.

그녀의 미소를 따라 와인 향이 살포시 피어오른다.

―슈발블랑.

―블랑쉬.

하얀 이미지가 겹치며 와인의 냄새 분자가 진해진다. 시리도록 맑은 여름 풍경의 한 자락이 거기 서 있다. 나무 냄새도 있고 신맛과 단맛도 한 가지가 아니다. 가만히 집중하면 어쩐지 바닐린과 재스민, 사향 분자까지도 몇 알 느껴진다. 와인에 들어간 첨가물이 아니라 자연이 빚어 낸 많은 향을 담고 있다는 뜻이다. 조금 더 집중하면 곰팡이도 있다. 사람들은 잘 모르지만 곰팡이는 좋은 와인의 일등 공신이다.

마치.

저급한 냄새 분자를 섞어 더 좋은 향수를 만드는 기법처럼.

와인의 분위기에 취할 때 요리가 나오기 시작했다. 오이스터를 시작으로 문어 요리와 빵이 나왔다. 포스가 달랐다. 다른 곳에서 먹은 게 음식이라면 여기 나오는 건 비로소 요리였다.

무슨 차이냐고?

'향수로 치면 찐 퍼퓸과 오 드 코롱 정도?'

근사한 음식점은 많이 가 보지 못한 강토였다. 그것만은 후각의 천재이자 향료 직관의 천재인 블랑쉬도 다르지 않았다.

"카르파초가 기막히네요."

제이미도 사진을 찍느라 바쁘다. 모든 요리는 카메라가 먼저 시식을 한다. 사람의 포크나 나이프는 그다음에 움직였다.

세월이 가면.

그 사진을 보며 이 요리를 또 한 번 먹겠지.

그때 작용하는 건 시각과 후각이다.

강토는 요리보다 요리의 냄새를 찍었다.

찰칵.

냄새 분자가 대뇌 속에 찍혔다.

요리와 와인.

완벽한 균형을 이루며 위장으로 들어갔다.

비스크의 진한 소스를 올린 크랩은 환상이었고 필렛미뇽 안심은 와인을 불렀다.

"이 와인 슈발블랑이 왜 백마인지 알겠네요. 기분이 알딸딸 해지니까 진짜로 백마 탄 왕자님을 만날 것 같지 않아요?"

오 팀장의 목소리가 살짝 풀어진다. 와인의 마법이었다.

"제이미 선생님 덕분에 귀한 술을 먹어 보네요."

강토도 인사말을 거들었다. 솔직히 그녀가 이렇게 비싼 술을 쏠 거라는 건, 뉴욕에 도착하는 순간까지 상상조차 한 적이 없었다.

"이 술……."

귀를 기울이던 제이미가 와인병을 쓰다듬으며 말을 이었다.

"이걸 만든 사람은 분명 창의성이 뛰어났겠죠? 그러니까 유명한 와인으로 남았을 테고……."

"그렇겠죠. 아, 숙명적인 창의성……."

오 팀장이 공감했다.

"창의성……."

제이미의 분위기가 무거워진 건 그때부터였다.

"닥터 시그니처."

그녀가 강토를 바라보았다.

"네?"

"솔까 어떻게 그렇게 창의성이 뛰어나? 비결 좀 알려 줘."

"비결이랄 거까지는……."

"하긴 닥터 시그니처에게는 그냥 일상이겠지. 몇 번 생각하고 향을 만들면 그게 그냥 창의적인? 그게 천재들의 루틴이잖아?"

"선생님."

"이벤트장에서 메디치가 한 얘기 들었어? 내 향수에 대해 기시성이 있다고 한……."

와인잔을 비워 낸 그녀 숨소리가 길었다.

"못 들었는데요."

강토는, 부정했다. 날름 받아쳐서 좋을 말이 아니었다. 오늘의 제이미 앞에서는.

"그 향수, 일본 향수에서 영감을 받은 거 맞아. 잘난 척에 지인을 동원해 샘플 향수 의뢰를 받기는 했는데 갈피를 잡을 수 없었어. 대체 어떤 향수를 만들어야 하나. 더구나 뉴욕에서 하는 발표회……."

"……."

"나름 고민에 고민을 했지만 그럴싸한 향이 나오지 않는 거야. 한 번은 이것저것 향료를 섞다 보니 사과 냄새가 나더라고. 사람 미치는 거지."

"……."

"장 끌로드 엘레나가 말하던 '공백'부터 조 말론의 비법까지 다 흉내 내 보았는데 결과는 극한 처참?"

"……."

그러다 일본 향수에서 겨우 힌트를 얻었어. 몇 가지를 야생화 향료로 바꾸고 베이스노트에다 비자 열매 껍질 향료를 섞었더니 제법 그럴듯한 작품이 되더라고."

"……."

"나 사실 메디치가 그 말 할 때 포커페이스로 버텼지만 두세 번은 심장마비 상태였어. 그냥 죽을힘으로 참고 화장실로 달려가 진정제 먹었거든."

진정제란다.

거기까지는 상상 못 한 강토였다. 결국 그녀도 인간이었다.

"제이미 선생님."

"닥터 시그니처도 알았겠지. 지금 생각해 보니 메디치보다 더 먼저 알았을 것 같은데 애써 무시한 내가 너무 바보 같아."

"……."

"딴에는 이번 뉴욕 이벤트를 발판으로 몸값 좀 올리고 내

이름 붙인 정식 향수도 만들 생각이었어. 후원자들하고 가계、
약도 했고. 제 주제도 모르고……."

"……."

"보그에서 닥터 시그니처 모습을 보면서 깨달았어. 진짜 조
향사라는 거, 저런 모습이었구나. 도는 가까운 데 있다더니 이
런 사람을 옆에 두고 오만에 잘난 척에… 아, 정말이지 쪽팔려
서……."

제이미 손이 초조하게 와인잔을 쓰다듬는다. 손 옆에 놓인
파우치가 보였다. 손때가 묻은 송아지 가죽에 다빈치의 '비트
루비우스적 인간' 그림이 보였다. 블랑쉬가 열렬한 독자였던
세 위대한 작가 괴테, 단테, 그리고 다빈치…….

"제이미 선생님."

그녀가 숨을 고르는 사이에 강토가 입을 열었다. 그녀가 겨
우 눈빛을 들었다.

"제가 후각은 좀 되죠. 그것만은 부정하지 않겠습니다."

"……?"

제이미가 집중한다. 강토의 입에서 무슨 말이 나올까 궁금
한 표정이었다.

"하지만 선생님은 감각이 되잖습니까? 남다른 향수 분석 능
력에 그 어코드를 자기 것으로 만드는 능력. 그건 결코 허투
루 평가될 능력이 아니라고 생각합니다."

감각.

제이미를 까지 않고 장점을 부각시켰다. 다빈치 스타일이다. 강토는 무장해제가 된 사람의 상처를 자극하고 싶지 않았다.

"닥터 시그니처?"

"세상의 조향사들은 서로 타고난 장점이 있는 것 같습니다. 그렇기에 누구는 인공 향료를 잘 다루고 또 누구는 자연 향료를 잘 다루며, 누구는 단일 노트의 향에 강하고 누구는 다양한 향료를 조합해 향의 매력을 강조하는 데 강하지요."

"……."

"아닐까요?"

"위로하지 마. 그걸로는 한계가 있어. 이번에 뼈저리게 깨달았어."

"그럼 보완하시면 되지요. 어제 오셨던 스타니슬라스 박사님이 제게 말씀하시길 다 갖추고 태어난 천재보다 조금 빈 것으로 태어나 채워 가는 과정이 더 아름답다고 하셨습니다. 그런 자세야말로 향을 하나의 작품으로 다루는 조향사들에게 필요하다고… 그건 선생님 파우치에 새겨진 그림의 주인공도 같았다더군요. 레오나르도 다빈치, 그분도 치명적인 단점이 있었지만 그건 내려놓고 장점에 집중하셨다고 들었어요."

"그건 다빈치나 스타니슬라스 박사 같은 사람 말이지. 내가 되겠어?"

"그럼 저는요?"

"닥터 시그니처가 뭐?"

"선생님이 기억하잖습니까? 실습실에서 만난 제 모습… 그때 제가 이런 모습이 될 줄 상상이라도 하셨나요?"

"……?"

"그때 제 옆에 있던 배상미 역시 미친 노력 끝에 후각이 많이 좋아졌습니다. 선생님의 뛰어난 감각이라면 문제는 시간과 의지일 뿐이겠죠. 우리 향수가, 이 와인이 맛나게 숙성되는 것처럼 시간과 인내의 문제."

"……"

"그 가능성은 털중나리꽃과 대청부채꽃을 픽하는 감각으로 증명하셨습니다. 제가 아니라 메디치가 인정한 거죠. 그 하트노트가 엉망이었다면 그분은 아예 평조차 하지 않았겠죠. 그분 정도 되는 사람이 평을 한다는 건 그만한 가치가 있기 때문이 아닐까요?"

"……"

제이미의 시선은 강토에게 고정이었다. 마치 얼어붙은 듯이 보였다. 어떻게 보면 쥐어박고 싶도록 얄미운 캐릭터였다. 첫 만남부터 방송국, 그리고 이벤트장까지 그랬다.

그러나 여기는 머나먼 뉴욕 땅. 이유야 어쨌든 한국 조향 자원의 한 사람인 그녀. 이제라도 진솔한 고백을 앞세우는 사람을 이런 장소에서 까고 싶지 않았다.

짧은 정적을 깬 건 오 팀장이 따르는 와인 소리였다.

꼴꼴꼬올.

청량하다.

맛있는 소리와 함께 와인이 흔들림을 멈췄다.

"이건 주제넘은 얘긴데 우리 제이미 선생님, 오늘 밤의 와인 선택은 신내림 수준의 선견지명인 거 같아요."

"네?"

"백마 탄 왕자님을 제대로 만났잖아요."

"백마 탄 왕자님이라고요?"

제이미의 시선이 오 팀장에게 향한다. 조명 속에 찰랑이는 와인잔을 바라보던 오 팀장이 차분하게 이유를 설명했다.

"저는 닥터 시그니처의 생각에 한 표예요. 제이미 선생님은 장단점이 뚜렷하지만 장점을 잘 살리면 굉장한 조향사가 될 수 있을 거예요. 천기누설을 하자면 이번에 우리 아네모네가 선생님에게 샘플 의뢰를 한 것도, 뉴욕에 모신 것도 단점보다는 장점을 기대했기 때문이고요."

"팀장님……."

"더불어 저도 백마 탄 왕자님을 만난 것 같아요. 제이미 선생님처럼 우리 닥터 시그니처. 솔직히 이번 짝꿍 향수, 제 작품이 좋아서 호평을 받은 거 아니잖아요. 강토 씨 작품에 묻어 간 거죠. 저도 자존심이 있는데 마냥 좋을 리 있겠어요. 하지만 자존심은 내려놓기로 했어요. 어차피 실력이 모자라는데 자존심만 높으면 뭐 하겠어요. 대신 생각했죠. 다음에 이런 자리에 오게 되면 향수 전문가들의 이목을 집중하는 그런 향수를 만들어 오겠다고요."

"팀장님……."

"그러니 제게도 강토 씨가 백마 탄 왕자님이 아니고 뭐겠어
요?"

"……."

"제이미 선생님."

오 팀장이 제이미의 손을 잡았다.

"털중나리꽃 노트 말이에요, 우리 닥터 시그니처도 말했지
만 괜찮았어요. 그 느낌을 선생님의 감각과 잘 맞추면 좋은
작품 나올 거예요."

"그럴… 수 있을까요? 내가?"

"당연하죠. 이번에 우리 막판 대반전 이루었잖아요? 조향
인생도 반전 한번 이루어 보자고요."

"팀장님."

"나쁜 건 다 잊어버리고 좋은 기억만 가져가요. 그리고 다
음번에는 진짜 뉴욕을 정벌하러 와요. 아니면 파리나 그라스
든지, 어때요?"

"저… 또 끼워 주실 건가요?"

"아니면요? 뉴욕 전투의 동지였고 보그 인터뷰도 같이했어
요. 두 번은 몰라도 한 번은, 제가 밀 거예요. 저랑 거의 붕어
빵 동병상련이니까요."

"팀장님……."

"자, 우리 왕자님과 함께 마무리해요."

오 팀장이 잔을 들어 보였다. 제이미도 잔을 들었다. 강토도 동참을 했다.

챙.

세 와인잔이 부딪치는 소리는 머스크나 앰버 노트보다 포근하고 따뜻했다.

제6장

—

운명적 기시감

"팀장님."

브루클린의 패션쇼장 앞에서 차 선생이 손을 흔들었다. 택시가 그 앞에서 멈췄다.

"실장님은?"

차에서 내린 오 팀장이 물었다.

"안에 계세요. 보그 인터뷰 어땠어요?"

"그건 닥터 시그니처에게."

오 팀장이 강토를 가리켰다.

"아, 팀장님이 말씀하시지 왜 저한테… 그럼 제이미 선생님이 말씀하세요."

강토가 제이미에게 공을 넘겼다.

"싫은데?"

제이미가 부드럽게 웃었다. 그걸 본 차 선생이 바로 감을 잡았다.

"뭐야? 분위기 대박 좋은데요?"

긴장이 확 풀리는 차 선생이었다. 그렇잖아도 제이미 때문에 살짝 걱정하던 차였다. 하지만 셋의 표정을 보니 우려가 가셨다. 언제나 미소가 날카롭던 제이미. 그 돋기가 무너져 있었다.

"우리가 합심해서 보그 좀 뒤집어 줬어요. 그랬더니 쫄아 가지고 기사 크게 내 준다고 하던데요?"

강토가 말했다.

"어, 진짜?"

"보그 편집장까지 왔었거든요. 그러니 한 입 가지고 두말은 않겠죠?"

"와아……."

"그리고 자백하는데 우리 제이미 선생님이 슈발블랑 와인까지 쏘셔서 입 열라 호강하고 왔죠."

"슈발블랑?"

차 선생의 입이 벌어졌다. 제이미가 쏘았다니 믿기지 않지만 지금은 믿을 수밖에 없는 분위기였다.

"아, 그런데 실장님이 닥터 시그니처하고 제이미 선생님은 피곤하면 호텔로 가서 쉬라고 하셨어요. 어쩌실래요?"

차 선생이 강토와 제이미를 바라보았다.

사실 조금 피곤한 생각은 있었다. 그런데 여기 오니 생각이 달라졌다. 지구가 당기는 만유인력의 힘처럼 뭔가 막연한 기대감이 울림처럼 다가왔다.

"저는 괜찮습니다."

강토가 콜을 받자,

"미 투."

제이미도 이견이 없었다.

"그럼 들어가요. 곧 시작될 분위기던데."

차 선생이 입구를 가리켰다.

강토네가 안으로 들어섰다. 분위기가 확 달라졌다. 즐비한 명사들과 모델들, 그리고 의류업계 관계자들의 열띤 분위기… 대기실 앞에서 그들을 맞이하는 디자이너는 새파랗게 젊은 여자였다. 린다 메리언, 나중에 들었지만 그녀의 첫 발표회였다.

그런데.

수많은 사람의 향수와 체취 등에 폭로되던 강토 후각이 예민하게 반응을 했다. 복잡한 냄새에 실려 온 아련한 기시감 때문이었다. 희미하지만 익숙한 냄새가 섞여 있었다. 사방에서 풍기는 향수 냄새들. 명사와 모델들이다 보니 향도 제각각이었다. 그것들을 뚫고 기억을 흔드는 이 체취……

'뭐지?'

걸음을 멈추고 후각을 가다듬었다. 체취를 추적한다. 냄새의 흔적은 대기실 앞에서 사라졌다. 짜릿하게 대뇌를 자극한 냄새 분자. 낯선 냄새들이 뒤섞이는 바람에 착각을 한 걸까?

"오 팀장."

먼저 들어와 있던 유쾌하가 다가왔다.

"인터뷰 잘했다고?"

"네. 우리 닥터 시그니처가 일당백이잖아요. 천하의 보그도 두 손을 들더라고요."

"하긴……"

"신예 디자이너라면서 반응이 괜찮은데요? 열기도 그렇고."

"그래서 신청한 거야. 뉴욕 패션쇼라면 더 좋겠지만 린다 메리언 말이야, 세계적인 패션 학교 FIT를 수석 졸업하고 19세에 부티크에서 디자인을 담당하면서 끼를 발산, 이후 셀린느의 최연소 디자이너를 거쳐 재작년에 독립 선언, 세계 패션계의 뉴 아이콘으로 주목받는 천재적 감각의 신예야. 어떻게 보면 우리 닥터 시그니처랑 비슷하지 않아?"

"아휴, 제가 감히……"

듣고 있던 강토가 손을 저었다. 바로 그때, 강토 뒤에서 낯익은 체취가 끼쳐 왔다.

'이사벨?'

강토가 돌아보니 그녀였다.

보그의 디렉터가 다가오고 있었다.

"닥터 시그니처."

"어, 여기도 오셨네요?"

강토가 그녀를 맞았다.

"우리 패션 디렉터에게 닥터 시그니처 이야기를 했더니 이 디자이너도 주목할 만하다고 자랑을 하길래 끼어 왔어요. 일행?"

이사벨이 유쾌하와 차 선생 등을 바라보았다.

"네, 저희 팀입니다."

"안녕하세요? 보그의 이사벨입니다."

그녀가 팀원들과 인사를 나눴다.

"어때요? 디자이너 한번 만나 보실래요?"

귀가 솔깃하는 제의도 건넨다.

"앗, 그래도 되나요?"

"따라오세요. 내 생각인데 두 분이 잘 통할 것 같네요."

이사벨이 앞서 걸었다.

"가봐."

오 팀장이 등을 밀었다.

"왜요? 설마 떠는 거?"

모델 대기실 앞에서 이사벨이 돌아보았다. 강토가 걸음을 멈춘 것이다.

"신세계의 냄새를 먼저 맡는 중입니다. 제가 패션쇼 대기실은 처음이거든요."

"냄새?"

"안에 있는 사람은 모두 17명이네요. 남자는 한 명……."

강토를 바라보던 이사벨, 대기실 안으로 고개를 디밀고 사람 숫자를 세어 보았다.

"……?"

이사벨의 시선이 굳어 버렸다. 17명이 맞았다. 남자는 딱 한 사람이었다.

'맙소사.'

이사벨은 등골이 오싹해졌다. 이 남자, 사무실에서 후각 능력을 보기는 했었다. 하지만 이런 것까지 맞혀 대니 정신 줄이 혼들릴 지경이었다.

문이 열리자, 강토의 후각이 다시 반응을 했다.

아까 느꼈던 그 기시감…….

아련하지만 너무나 강렬한 기억…….

그 냄새 분자가 다시 감지된 것이다.

하지만 시각이 먼저 움직였다. 한 여자 때문이었다. 열여섯의 소녀였다. 체취로 나이를 맞히는 건 쉬운 일이었다. 촉이 반응한 건 아이의 하체 때문이었다. 타올이 덮인 하체, 두 발 다 의족이었다. 모델 대기실에 의족의 소녀.

모델들의 동생쯤 되는 걸까?

"메리언."

긴 생각을 할 여유도 없이 이사벨이 강토 손을 끌었다. 오늘의 주인공, 패션디자이너 메리언이 나온 것이다.

"제가 굉장한 사람을 소개하죠. 저 먼 코리아에서 날아온 조향사예요. 우리 편집장님조차 놀라게 만드는, 어쩌면 당신이 한 달 전에 먹은 음식까지 알아맞힐지도 모르는, 천재적 후각의 소유자 닥터 시그니처."

"안녕하세요?"

그녀가 강토 앞에 섰다.

"반가워요. 린다 메리언, 메리언이라고 불러 주세요."

보그의 패션 디렉터 헬렌과 함께 나온 메리언이 활기찬 인사를 전해 왔다.

순간.

강토가 굳어 버렸다. 반응은 후각이 먼저였다. 그게 후각망울을 멋대로 지나 대뇌를 후려친 것이다.

블랑쉬.

이 냄새가 왜 여기서 나오는데?

멍한 의식이 움직이지 않았다. 그 향이었다. 블랑쉬의 삼나무 향, 그리고 향갑에 봉인된 아델라이드의 향… 믿기지 않게도 메리언에게서 그 체취가 느껴졌다.

아까 느낀 아련한 기시감의 향. 그 주인이 여기 있었다. 고단함 속에서도 뭔가에 끌리듯 들어선 이 패션쇼. 이 냄새가, 이 체취가 강토를 당긴 걸까?

"닥터 시그니처."

강토의 정신 줄은 이사벨 목소리로 자리를 찾았다.

"아, 예……."

강토가 대충 대답했다.

가까이서 보니 조각상이 따로 없다. 메리언은 그녀 자신이 런웨이에 서도 이상할 게 없는 기막힌 몸매였다.

향수는 남성 향조다. 그래서 더 인상적이다. 다만 주된 노트는 히아신스였다. 인공 향료 두 가지를 섞어 만든…….

"조향사시라고요?"

"예."

"혹시 프랑스에 사셨어요? 언제 본 것도 같은데?"

언제.

본 것도 같은데?

이 여자 점점…….

강토를 미궁 속으로 당기고 있었다.

"프랑스는 한 번밖에 가보지 못했습니다. 파리와 그라스……."

"으음, 그럼 인상이 좋으셔서 그런 것 같네요."

"……."

"조향사시라고요? 제 향수 어때요? 작년에 주말 벼룩시장에서 산 건데?"

"좀 묵직한 향 취향이시군요?"

"오빠만 셋이거든요. 향수도 오빠들에게 배워서요."

"이미지와 대조적인 향… 나쁘지 않은 레이어링이죠. 하지만 이 향수는 오래 쓰지 않는 게 좋겠습니다."

"왜죠?"

"주된 노트가 히아신스인데……."

"내가 히아신스 좋아하거든요."

"페닐아세탈데히드와 하이드로신남알데히드… 두 가지 인공 향료로 만든 히아신스 향이에요. 포도를 즙째로 짜낸 향과 비슷하죠. 하지만 질이 너무 나쁜 것을 썼고 타바코와 베이스노트의 안정성도 좋지 않아 1시간쯤 지나면 퀴퀴한 담배 냄새처럼 변할 겁니다."

"어머, 그럼 그게 내가 피운 담배 냄새가 아니라?"

"……."

"와아, 역시 조향사들 후각은 천재적이라니까요."

"감사합니다."

"그럼 우리 쇼장 방향제는 어때요? 분위기 좀 잡으려고 뿌리기는 했는데 아직 스폰서가 변변치 않아서 많은 투자는 못했어요."

"나쁘지는 않네요."

강토가 답했다.

그녀의 말대로 의례적인 방향제였다. 그걸 두고 평을 할 수는 없었다.

"그럼 끝나고 다시 뵈어요. 보시다시피 지금은 제가 좀 바쁘거든요."

그녀가 짧은 인사를 마쳤다.

하긴 잠깐 시간을 내 준 것만 해도 미안할 지경이었다. 런웨이 뒤의 모습이 이렇게 전쟁 통일 줄은 몰랐다. 메리언은 그 전투의 지휘관이었다. 게다가 첫 패션쇼. 어쩌면 그녀, 자신의 모든 것을 걸고 있을지도 몰랐다.

그렇게 돌아설 때, 메리언 뒤에서 급한 목소리가 들려왔다.

"선생님."

그녀의 어시스트였다. 얼굴이 하얗게 질려 있다. 그녀가 메리언에게 귓속말을 건넨다. 당황한 메리언이 안쪽의 대기실로 뛰었다.

"사고야?"

이사벨이 헬렌에게 물었다.

"잠깐만."

헬렌이 모델들을 헤치고 안으로 걸었다. 잠시 후에 돌아온 그녀가 상황을 전해 주었다.

"까탈 황녀 에바야."

헬렌이 고개를 젓는다.

"에바?"

이사벨이 반응했다.

"오늘 런웨이의 주인공인데 신인 모델이 도와주다가 향수를 잘못 뿌렸다네. 열받은 에바가 이 상태로는 런웨이 못 나간다고 난리고."

"그 성질머리 못 버리네."

"내가 거들었는데도 막무가내야. 불쾌한 냄새를 풍기면서 어떻게 집중할 수 있냐고."

"그럼 어떡해?"

"당장 샤워라도 준비해 달라는데 에바가 또 욕조 강박증이 있어서 욕조에 자기가 좋아하는 오일을 풀지 않으면 씻지를 못 하거든."

"탈취제 같은 거 없어?"

"정신 나갔어? 에바가 누군데 그 몸에 탈취제를 뿌려?"

헬렌이 정색을 했다. 에바는 인기 절정의 모델이다. 뉴비인 메리언의 패션쇼에 나올 레벨이 아니지만 셀린느의 수석 디자이너 헤이든이 메리언과의 인연을 생각해 엮어 준 케이스라 가능했다. 에바를 발굴한 게 바로 그 수석 디자이너였던 것.

"헐, 메리언 돌아 버리겠네? 에바 보려고 온 사람이 절반은 될 텐데?"

"그럴 거야. 패션쇼는 임박, 향수가 날아가려면 최소한 두세 시간, 욕조까지 대령하는 건 불가능……."

"저기요."

듣고 있던 강토가 대화에 들어갔다.

"아, 죄송해요. 워낙 돌발이라……."

이사벨이 사과를 전해 왔다. 강토를 두고 떠든 게 미안한 모양이었다.

"그게 아니고 에바라는 모델 말입니다. 듣자니 지금 향수가 문제 된 거 맞죠?"

"네."

"어떤 향수를 뿌린 건가요?"

"에바는 제비꽃 향수를 시그니처로 쓰는데 신인이 잘 보이려고 도와주다가… 에바가 액세서리를 챙기는 사이에 자기 향수를 에바 어깨와 허리에 발사했다고 해요. 너무 긴장해서 향수병을 잘못 집어 든 거죠. 그런데 그 향이 하필이면 에바가 질색하는 시프레 향수라서……."

헬렌이 답했다.

향수 취향, 굉장히 다를 수 있다. 상황 자체는 이해가 되었다.

"제가 잠깐 볼 수 있을까요? 어쩌면 해결책을 찾을 수도 있는데요."

"어떻게요?"

"향으로 향 지우기."

"닥터 시그니처……."

"향에는 조화와 대립, 견제와 활성의 관계가 있습니다. 그걸 이용하면 가능합니다."

"이사벨, 가능해?"

헬렌이 이사벨의 동의를 구한다.

"그라스의 천연향 연구소에서 들은 것 같아."

이사벨이 강토를 지지했다.

"따라오세요. 시간이 없거든요."

헬렌이 강토 손을 끌었다.

"뭐라고요?"

헬렌의 설명을 들은 에바가 냉소를 뿜었다. 긴 다리에 이지적인 얼굴, 그러나 기분은 대충 주무르다 던져 놓은 피자 도우처럼 엉망으로 보였다.

"그게 가능해요?"

메리언이 강토를 바라보았다.

"가능하게 해야죠. 그보다 에바라고요?"

강토가 심기 불편 만렙을 찍고 있는 에바를 바라보았다.

"……."

에바는 대꾸하지 않았다. 느닷없이 끼어드는 허접한 동양인. 그녀가 아는 최고 명성의 조향사가 와도 쳐다볼까 말까한 상황이었다. 그러니 그저 어이가 없을 뿐이었다.

"그 시프레… 왜 그렇게 싫을까요? 이유를 말해 주면 방법을 찾을 수 있을 것 같습니다."

"붕 뜬 느낌에 땀 냄새. 붕 뜨는 느낌은 신인들에게나 필요한 거니까."

에바가 잘라 말했다.

"그렇군요. 지금 뿌린 시프레는 바닐라와 때죽나무, 베르가
모트, 통카 콩과 오리스 등으로 이루어졌습니다. 쌉싸름하지
만 황홀한 향, 땀 냄새가 주요 콘셉트죠. 잠깐만 기다리십시
오."

강토가 메리언에게 돌아섰다.

"모델들의 향수를 좀 모아 주시겠어요?"

"……?"

"어서요. 설명은 나중에 드리겠습니다."

강토가 재촉했다.

"알았어요."

이사벨을 바라보는 메리언, 그녀가 끄덕 긍정의 시그널을 주
자 빠르게 움직이기 시작했다.

'오케이.'

향수가 모이자 강토 표정이 밝아졌다. 필요한 향수가 있었
다.

그걸 집어 들고 에바에게 돌아섰다. 그녀의 우려가 나오기
도 전에 향수가 뿌려졌다.

치잇, 치잇.

그리고 한 번 더.

치이잇.

미세하게 또 한 번.

치이.

다섯 번 정도 발사하자 에바는 오션 노트에 묻혀 버렸다. 강토가 뿌린 향수가 오션 노트였던 것이다.

"지금 뭐 하는 짓이야? 이 향도 내가 싫어하는 향이라고요."

에바의 짜증이 폭발했다.

"잠깐만요."

"나 참, 이봐요, 메리언. 나 오늘 워킹 못 하겠어요. 리차드 선생님께는 내가 설명드릴게요. 그럼 됐죠?"

에바가 가방을 들고 일어섰다. 그 길을 강토가 가로막았다.

"비켜요."

"가려는 이유가 시프레 향 때문 아닙니까?"

"이제는 하나 더 늘었어요. 이 바다 냄새."

"미안하지만 다시 맡아 보시죠. 시프레와 바다 냄새."

"뭐라고요……?"

인상을 찡그리던 에바가 동작을 멈췄다. 코를 쪼던 시프레 향이 아득해진 것이다. 게다가 바람처럼 들이치던 오셔닉 노트도 미미해졌다. 마치 클리너로 지워 버린 듯.

"……?"

매직.

그녀의 표정이었다.

"어머, 시프레 향이 사라졌어. 오셔닉만 아련하고."

코를 들이댄 이사벨이 대신 소리쳤다. 메리언이 확인하고 다른 모델도 확인한다. 심지어는 에바도 다시 한번 코박쿵 시전. 거짓말처럼 거의 느껴지지 않는 시프레 향. 어리둥절해하는 에바 앞으로 강토가 다가섰다.

"이 향수, 당신 것 맞죠?"

제비꽃 향수였다.

"네……."

"시프레를 색으로 표현하면 노랑이나 갈색 계열의 향입니다. 이쪽 계열의 향은 초록 계열의 향에게 눌리는 성향이 있어요. 그래서 초록의 오셔닉 노트 향을 써서 눌러 버린 겁니다. 오셔닉은 시프레를 누르면서 중화가 되어 향이 약해졌고요. 하지만 다른 향수를 덧뿌리면 엉뚱한 효과가 날 수 있으니 이 향수, 그립더라도 지금은 이 정도로 참아 주세요."

치잇.

블로터에 뿌린 향을 에바 코에 대 주었다. 그토록 도도하던 에바였지만 거부하지 못했다. 든보잡을 보는 듯 까칠하던 시선 역시 부드럽게 변해 있었다.

*　　　　*　　　　*

런웨이.

한국에서도 직관 경험은 있었다. 호텔의 디너쇼에 딸린 자선 패션쇼였다. 조향을 하려면 패션에 미용, 헤어까지 알아야 한다기에 다인에게 끌려갔었다. 꼿꼿이 소품 보조를 맡은 다인의 덕을 본 것이다. 아버지가 야생화 화훼 농장을 하니 그런 알바를 심심찮게 하는 다인이었다.

그때의 런웨이와는 격이 달랐다.

밀라노니 뉴욕이니 하는 네임드 패션쇼는 아니지만 다이내믹하면서도 신선했다. 향수로 치면 갓 뽑아낸 메탈릭의 향연이랄까?

더 신나는 것은 강토의 자리였다. 원래는 뒤쪽 일반석에 앉아야 했다. 하지만 메리언의 권한으로 VIP석으로 옮겨졌다. 강토뿐만 아니라 아네모네 팀 전체였으니 체면이 서도 단단히 선 것이다.

자리에 앉기 무섭게 삼나무 향수를 꺼내 향을 맡았다. 가방을 차 선생에게 맡기고 갔던 까닭이었다.

'아.'

다시 현기증이 일었다. 삼나무 향에 깃든 아델라이드의 향. 메리언의 그것과 '거의' 복사판이었다.

메리언.

왜?

그녀에게서 아델라이드의 체취가……

멍한 시야로 모델들이 밀려 들어왔다. 뜨거운 열기 덕분에 현실로 돌아왔다.

열기.

코앞에서 느끼는 런웨이의 열기는 폭발 직전이었다. 강토는 그들의 열정과 체취를 신나게 즐겼다. 에바는 나올 때마다 강토에게 윙크까지 날려 주었다.

톱 모델의 위력.

가히 압도적이었다. 그녀는 런웨이의 분위기를 장악하고 있었다. 얄밉도록 까칠하던 아까와는 달리 워킹과 포즈, 표정 하나로 객석을 사로잡는 카리스마가 일품이었다.

그런데.

그녀 못지않은 사건이 또 있었다. 대기실에서 보았던 그 소녀였다. 블레이드 러너, 곡선에 칼날 형태를 한 두 발 의족의 소녀가 워킹에 나선 것이다.

"우."

관람석에서 감탄이 터진다.

그러나 그녀는 아랑곳없다. 관객들은 놀라지만 그녀는 그런 분위기를 즐기고 있었다. 얼마나 노력을 했을까? 워킹까지 놀랍도록 안정적이었다.

짝짝.

에바에게나 나오던 기립 박수가 여기저기로 번져 갔다. 당찬 이 소녀는 보답이라도 하듯 텀블링까지 선보였다.

"와아."

오 팀장과 차 선생 등도 혀를 내민다. 두 다리가 없는 패션 모델. 상상조차 어려운 일을 어린 소녀가 해내고 있었다.

또 다른 흥미는 메리언이었다. 그녀도 패션모델로 나왔다. 헬렌의 설명에 의하면 그녀도 종종 모델로 활동한다고 한다.

공간을 태워 버릴 듯 숨 막히는 열정, 모델의 워킹을 따라다니는 패션 관계자들의 매서운 평가, 화려한 현장 예술에서 피어나는 모든 감동들이 강토의 자산으로 쌓여 갔다.

짝짝짝.

피날레에 이어 모든 모델들이 도열하자 기립 박수가 이어졌다.

"여러분."

의족 소녀를 앞세운 메리언이 인사말을 시작했다. 한 사람 한 사람을 호명하며 감사를 전한다. 그녀는 온몸이 땀으로 젖어 있다. 그녀의 데뷔전. 그 설렘과 감격이 체취가 되어 강토 후각에 각인되었다.

순간.

"닥터 시그니처."

옆자리에 앉은 이사벨이 강토를 건드렸다.

"네?"

강토가 돌아보자 무대를 가리킨다. 메리언이었다. 열기에 취하는 동안 그녀가 강토를 호명한 것이다.

"빨리 일어나."

차 선생이 손나팔을 하고 속삭인다.

"다시 한번 소개합니다. 오늘 제 첫 패션쇼에 나타나 느닷

없는 도움을 주신 닥터 시그니처, 코리아에서 날아온 최고의
조향사십니다."

짝짝짝.

박수가 터졌다. 얼떨결에 인사를 받는 사이, 더 놀라운 일
이 벌어졌다. 에바가 걸치고 있던 스카프를 의족 소녀에게 건
네준 것이다. 강토를 보며 뭐라고 속삭인다. 그러자 의족 소녀
가 강토에게 걸어왔다. 스카프가 강토 목에 걸렸다. 무대의 에
바가 엄지를 세워 보였다.

쪽.

이마에 찍힌 의족 소녀의 키스는 덤이었다.

"와아아."

차 선생을 비롯해 주변 사람들이 파도처럼 환호한다.

"땡큐."

강토가 답했다. 소녀의 미소는 달빛처럼 맑았다. 땀에 젖은
소녀의 어깨 너머로 메리언의 미소가 보였다. 그녀의 박수 역
시 멈출 줄을 모른다. 그야말로 느닷없는 주목. 뉴욕의 마지
막 밤은 심장에 불이 붙은 듯 뜨겁기만 했다.

*　　　　*　　　　*

"닥터 시그니처."

무대가 정리된 후, 대기실로 가자 메리언이 달려왔다. 강토

를 보더니 뜨거운 허그를 날린다.

"덕분에 성공적으로 끝났어요."

"제가 무슨… 아무튼 멋진 쇼였습니다."

대답하는 목소리가 떨렸다. 허그 때문이 아니었다. 밀접하게 맡으니 구분하기 어려운 아델라이드의 향취였다.

아델라이드 체취를 지닌 여자.

공현아와 메리언.

둘 다 좋은 사람이다. 외모는 물론이고 스펙도 어디에 내놓아도 빠지지 않는다. 한 사람의 남자로서 충분히 끌릴 만하다.

하지만.

이 끌림은 이성으로서의 그것과는 달랐다.

조향사로서의 호기심인 것이다.

블랑쉬의 능력치는 강토 안에서 다시 태어났다.

그렇다면.

아델라이드 역시 어떤 형태로든 다시 살 수 있는 걸까?

예를 들면 환생?

"에바가 나올 거예요. 지금 의상을 갈아입고 있거든요. 당신이 오면 꼭 좀 잡아 두라고 하더군요."

강토의 멍때림은 메리언의 고양 때문에 깨졌다. 그녀는 아직 꿈속이다. 이해한다. 어쩌면 저 흥분은 꿈속까지 이어질 수도 있었다.

"이사벨, 너무 고마워요. 이런 분을 모셔 오다니."

메리언은 보그 디렉터들에게도 감사를 전했다.

"덕분에 나도 대우받네요?"

강토를 보는 이사벨 어깨에 힘이 들어갔다.

"그런데 아까 그 소녀는?"

강토가 주변을 돌아보았다. 저쪽 탈의실 안에서 소녀의 체취가 풍겨 왔다.

"베티."

눈치를 차린 메리언이 소녀를 불렀다.

"메리언."

소녀는 쏜살처럼 달려왔다. 장애가 있지만 전혀 개의치 않는 소녀였다.

"닥터 시그니처가 너를 찾으시네?"

메리언이 말하자 베티 표정이 환해졌다.

"베티는 파리에 살아요. 저도 실은 프랑스 태생이죠. 날 때부터 무릎 아래가 없었대요. 저랑은 파리 패션쇼에서 만났는데 디자이너들에게 꽃을 안겨 주는 역할이었어요. 제 차례에 꿈이 뭐냐고 물으니 패션모델이라고 해요. 두 발이 없음에도 너무나 당차더라고요. 그때 약속했어요. 내가 나중에 패션쇼를 열면 모델 시켜 주겠다고."

"……."

"그랬더니 우리 베티가 이렇게 노력을 한 거예요. 오늘 보셨죠? 베티에게는 장애 따위는 문제 되지 않아요."

메리언의 설명은 마취보다 강했다. 강토의 오감이 굳고 있었다.

메리언.

실력보다 빛나는 인성.

인성보다 따뜻한 미소…….

강토는 알았다. 이 여자는 가까운 미래에 세계 패션계의 최고봉에 우뚝 솟으리라는 것.

그리고 베티.

이 아이의 체취도 굉장히 좋았다. 모델이라는 일을 정말 좋아하고 있었다.

"닥터 시그니처."

정신이 후들거릴 때 에바가 등장했다. 그녀에게 만행(?)을 저지른 신인 모델 수잔도 함께였다.

다시 한번 강토와의 허그가 펼쳐졌다.

"당신의 매직, 잊지 않을게요."

"아닙니다. 스카프, 고마웠습니다."

"스카프 따위… 자칫하면 제가 리차드와 메리언에게 씻지 못할 실수를 할 뻔한걸요. 그리고 우리 사랑스러운 후배 수잔에게도…….'

에바가 돌아보자 수잔이 꾸벅 고개를 숙였다. 사실 그녀에게도 위기였다. 만약 에바가 가 버렸다면 톱 모델 에바의 눈밖에 나는 것은 물론, 메리언을 볼 면목도 사라지기 때문이었다.

"수잔이 뿌린 향수… 제가 신인 때 한 번 당한 적이 있거든요. 그때 대선배께서 눈을 감으라기에 감았더니 그 향수를 뿌리더라고요. 제 취향을 모르고 한 과잉 친절이었죠. 거절하기에는 너무 늦었고 개고생은 시작이었어요. 겨우 잡은 기회를 놓치지 않으려고 입술을 물고 워킹을 했어요. 나중에 보니까 아랫입술에서 피가 나더라고요. 그 악몽 때문에 더 격하게 반응했는지도 몰라요."

"그런 흑역사가 있는 줄 몰랐습니다."

"그 향수가 시프레치고는 굉장히 오래가거든요. 그런데 진짜 매직. 이제는 거의 나지 않아요."

"다행입니다."

강토가 웃었다. 런웨이에서 진한 열정과 땀을 쏟아 낸 에바. 이제는 오셔닉의 잔향마저 거의 느껴지지 않았다.

"조향사라면 당신의 작품도 있겠죠? 궁금해요."

"저도요."

메리언이 가세를 했다.

"그러시면… 시향이 가능한 향수가 있기는 합니다."

강토가 가방을 열었다. 두 개의 향수가 나왔다. 농부르 띠미드의 재현 향과 아이리스 향이었다.

치잇.

치잇.

블로터를 적셔 메리언과 에바에게 주었다. 베티는 물론이었다. 수잔은 감히 나서지 못했지만 강토가 알아서 챙겼다. 그 마음 모를 리 없는 강토였다.

"와우."

에바의 감상평이 과격하게 나왔다.

"와아."

메리언도 반응이 컸다.

"제가 전체적으로 여리여리한 향보다 베이스노트가 묵직한 남성 향수에 끌리는 편인데 이건 압도적이네요. 저절로 질식할 것 같아요."

메리언은 차마 눈을 뜨지 못했다.

"향이 너무 좋아요. 눈물이 날 만큼."

숨을 들이켜는 베티 눈에 눈물이 맺혔다. 한 톨의 가식도 없는 그녀의 평. 그게 또 강토의 마음을 울렸다. 마음 같아서는 한 병씩 나눠 주고 싶지만 그럴 수 없는 게 아쉬웠다.

"닥터 시그니처."

베티가 강토를 바라보았다. 너무 맑은 시선이라 따가울 정도였다.

"응?"

"오늘 저 어땠어요? 모델로서."

"굉장했지."

"솔직하게 말씀하셔도 돼요. 저는 상처 같은 거 받지 않거든요."

"알아. 나는 사람의 체취로 성격을 알 수 있으니까."

"와아, 정말요?"

"그럼."

"그럼 혹시 제 마음도 아시겠어요?"

"반은 알지. 지금 뭔가 요청을 하려는 거."

"맞아요. 조향사시면 향수 발표회 같은 거 하잖아요?"

"그렇기도 하지?"

"그때 혹시 모델이 필요하면 불러 주세요."

"……."

"에바에게 들었어요. 당신은 최고의 조향사라고. 모델료는 향수 한 병이면 충분해요."

강토가 촉각을 세웠다. 당돌한 요청이었다. 그러나 건방은 아니었다. 순수한 자신감과 삶의 열정으로 빛나는 이 아이 베티. 악마의 마음조차도 돌려세울 매력덩어리였다.

"안 될까요?"

강토가 즉답을 않자 다시 한번 묻는다.

"안 되긴, 너무 인기가 좋아져서 안 올까 봐 걱정인데?"

"천만에요. 베티는 약속을 지키거든요. 우리 약속한 거예요."

"그래."

"그럼 향수 주시는 거예요. 저 제 유튜브에 공개해요."

"응."

"땡큐 소 머치."

베티의 키스가 또 한 번 이마에 찍혔다.

"이제 끝나셨으면 우리도 시향 좀……."

그제야 헬렌이 겨우 기척을 냈다.

"아, 죄송합니다."

강토가 블로터를 집어 들었다.

"이거 무슨 냄새예요? 향이 너무 좋아요."

주변의 모델들 코라고 막혀 있는 게 아니었다. 향이 번져 나가자 하나둘 몰려들었다.

"와아."

블로터를 받아 든 모델들이 자지러졌다. 런웨이에서 열정을 쏟은 모델들, 그 노곤한 육체에 활력과 환희를 안겨 주는 강토의 향수였다.

블로터는 손에서 손으로 옮겨 갔다. 그리고 종착지는 한목소리의 합창이었다.

"이거 어디서 살 수 있어요?"

그녀들은 주광성의 식물호르몬 옥신을 단체로 맞기라도 한 양, 한결같은 표정으로 강토를 바라보았다.

"죄송하지만 아직 시판하지 않습니다."

"아……."

모델들 입에서 탄식이 새어 나왔다. 정말이지 좌절에 가까운 목소리였다.

"하지만 아이리스 향은 머잖아 시판이 될지도 모르겠습니다."

"아."

바닥에 떨어졌던 실망이 급반등을 했다. 향수 하나로 모델들의 마음을 좌지우지하는 강토였다.

에바 때문이었다.

그녀들도 에바의 까탈스러움을 알고 있었다. 그러나 당대 최고 모델의 하나. 유명한 디자이너들도 그녀의 비위를 맞추기 바쁜 판. 게다가 향수 취향도 까다로웠다.

그런 에바의 향수 사건을 단숨에 해결한 조향사. 그런 사람이 만든 향이라니 관심을 갖지 않을 수 없었다.

"닥터 시그니처."

분위기가 가라앉자 메리언이 다가왔다. 그녀는 그냥 오지 않는다. 마치 투명한 감성이 물결을 이루듯 불쑥, 가까워졌다.

"네."

"혹시 여친 있으신가요?"

"네?"

"어머, 아직 없군요?"

"……."

"미안해요. 제가 눈치가 좀 빨라서요."

"······."

"그럼 어쩌지······."

잠시 고민하던 메리언, 결심을 굳힌 듯 상자를 내밀었다.

"제 선물이에요."

"······?"

강토가 펴 보니 의상이었다. 메리언 자신이 입고 워킹에 나섰던 그 작품··· 고전과 첨단을 흑백의 조화에 녹여 낸 그 의상······.

"드리고 싶어요. 기념으로 간직하셔도 좋고 여친 생기면 선물하셔도 좋아요. 보기는 이래도 제가 굉장히 공을 들인 거거든요."

"메리언, 이 소중한 걸······."

"당신 덕분에 소중해진 거예요. 만에 하나 에바가 그냥 가 버리기라도 했다면··· 이런 여유 같은 거 꿈도 꾸지 못했을걸요?"

"그건 별것 아니었습니다만."

"그 판단은 제가 해요. 저 은혜 잊어버리는 사람 아니라서요."

"······."

그 말이 강토의 입을 막았다. 표정까지 진지하니 더 거절할 수도 없었다.

"선생님."

어시스트가 그녀 귀에 뭔가를 속삭였다. 인터뷰였다. 그녀를 기다리는 패션 관계자들과 기자들이었다.

"뉴욕에 얼마나 계시나요?"

"내일 코리아로 돌아갑니다."

"그건 비극이네요. 향수의 매직을 좀 더 보고 싶었는데…
아니면 패션과 향수에 대한 얘기라도……."

"다음에 기회가 있을 겁니다. 꼭."

꼭.

그 단어를 강조했다. 왠지 그럴 것만 같았다.

"그러길 바라요. 오늘 너무 고마웠습니다."

메리언이 강토 손을 당겨 키스를 남겨 주었다.

찰칵.

주목받는 뉴비 패션 디자이너와 강토.

그 장면은 헬렌과 이사벨의 카메라에 고이 담겼다.

제7장

—

진격을 준비하며 I

뉴욕.

공항 앞에 서서 잠시 돌아보았다. 수많은 냄새 분자들이 연기처럼 스쳐 갔다. 연기는 컬러를 입었다. 강토가 느끼는 냄새 분자들에는 색이 있다.

갈색의 시프레, 파랑의 오셔닉, 빨간 오리엔탈, 연보라의 아이리스, 파란 용연향……

뉴욕의 냄새 분자는 셀 수도 없이 많았다.

1, 10, 100, 1,000…….

새롭게 저장된 냄새 분자들이 우주처럼 넓은 대뇌 안에서 유영한다.

하지만.

강토의 후각으로도 담을 수 없는 냄새들이 한둘이 아니었다. 분자량이 크면 인간의 후각 체계에 들어오지 않는다. 다른 사람보다 뛰어난 후각이지만 그렇다고 무한대는 아니기 때문이었다.

메리언.

그 많은 냄새 분자 중에서 그녀의 것이 포착되었다. 착각이 아니라 과학이었다. 이론상으로는 얼마든지 가능하다. 심지어는 블랑쉬의 생전 호흡에서 나온 소량의 체취 분자도 지구를 떠돌고 있는 것이다.

그녀에게 풍기는 아델라이드를 닮은 체취. 그건 우연이었을까?

세상에는 비슷한 냄새가 존재한다.

그렇지.

비슷한 냄새.

그 명제를 내세워 특별한 의미를 지웠다. 아델라이드는 200여 년 전에 죽은 사람이었고 메리언의 체취는 싱크로율 99%였지 100%는 아니었다.

출국장에 들어섰다. 면세점의 화려한 상품 냄새가 먼저 강토를 맞았다.

"기념품 안 사?"

제이미가 물었다.

그녀와 오 팀장, 차 선생 등이 우르르 몰려갔다.

"천국 만났네."

뒤에 있던 유쾌하가 웃었다.

강토도 면세점에 들렀다. 화장품에는 향수 냄새가 너울거린다. 한국의 면세점과 거의 빼박인 면세점 화장품 구역의 향. 그럼에도 조금 다른 분위기는 역시 인종과 취향의 차이였다.

제이미는 시향을 하느라 바쁘다. 이 면세점의 시향 분위기는 널널했다. 시향용 대용량 향수를 아예 개방해 놓은 것이다.

뉴욕 거리에서 할아버지와 작은아버지 등의 선물은 미리 준비했다. 그렇기에 서두르지 않고 즐겼다.

"닥터 시그니처."

블로터를 킁킁거리던 제이미가 강토를 불렀다.

"이거 어때, 장미 노트 같은데 굉장히 독특해."

그녀 손의 블로터가 강토 코앞에서 춤을 췄다.

"제라늄 버번이네요."

"바로 아네? 나는 좀 독특한 장미인가 싶었는데……."

"레드 페퍼와 티무트 페퍼를 섞은 것 같은데요?"

"역시."

성분표를 확인하고 있던 제이미가 엄지를 세워 주었다.

"향이 피부에 닿으면 왠지 따뜻해지는 느낌인데 제라늄 때문일까? 아니면 특별한 페퍼 때문일까?"

그녀의 질문이 진지해진다. 이제는 강토를 까기 위해 던지는 질문이 아니었다. 진심으로 의견을 구하는 것이다.

"둘 다예요."

"둘 다?"

"제라늄만으로는 이런 환희의 느낌을 내지 못하죠. 그래서 특별한 페퍼를 쓴 것 같아요. 레드 페퍼와 티무트 페퍼… 이 냄새 분자들이 제라늄에게 특별한 활성을 부여한 거죠. 닿기 직전까지는 상쾌하고 시간이 지나면서 따뜻하고 달콤한 느낌으로 변하는……."

"닥터 시그니처는 이런 페퍼를 본 적 있어?"

"냄새는 맡아 봤죠."

"헐, 나는 대체 뭐 하고 산 거야."

제이미가 웃었다.

그녀는 결국 그 향수를 질렀다.

강토는 사지 않았다. 향은 이미 기억되었고 무엇보다 페퍼와 제라늄 어코드의 안정성이 불안했다. 아마도 2시간이 지나면 악취로 변할 게 분명했다.

조향사의 욕심 때문이었다. 페퍼 노트가 아니라면 레드 페퍼는 빼는 게 옳았다.

하긴 톱노트만 화려한 향수가 한두 개던가?

쇼핑이 끝나자 탑승 시간이 가까웠다. 면세점을 돌아보며 잠시 상념에 젖는다.

공항에 면세점이 없다면 어떨까?

긴 시간은 어디서 보낼까. 면세점은 그런 여행객을 위해 존

재하는 걸까? 아니면 면세점을 이용하게 하기 위해서 2─3시간을 먼저 오게 하는 걸까?

뉴욕.

탑승구 앞에서 한 번 더 그 냄새를 음미하고 체크인을 준비했다. 이코노미 줄이었다.

그때 작은 기적이 일어났다.

"갈 때는 저쪽 줄이야."

오 팀장이 비즈니스 체크인을 가리킨 것이다.

"네?"

"부사장님 특별 배려야. 우리 좌석 전부 교체. 나름 선방한 점 인정, 미국 보그와의 인터뷰 인정. 그래서 나온 보너스 조치야."

"와아."

제이미가 먼저 환호했다. 생각지도 못한 행운이었다.

"윤강토."

입국편도 옆 좌석은 유쾌하였다. 다만 럭셔리한 좌석이다 보니 거리가 조금 멀어졌다.

"네, 실장님."

"미안."

"뭐가요?"

"올 때도 이런 좌석으로 모셨어야 했는데……."

"별말씀을……."

"어때? 회사에서는 오는 길에 우리 닥터 시그니처에게 사인

받아 오라고 하던데?"

"계약서요?"

"응, 우리 회사 입사 원서."

"……"

"부사장님이 입에 침을 튀기길래 말씀드렸지. 학생 인턴으로 왔을 때도 뺀찌 먹었는데 이제 인지도까지 붙은 판에 사인하겠냐고."

"……"

"그랬더니 사인 못 받으면 귀국할 생각 말라는 거야."

"……"

"농담이야. 이제야 닥터 시그니처의 천재성을 인정하는 거지. 이벤트 현장 영상을 봤을 거거든. 스타니슬라스와 메디치의 호평… 처음 자네를 못 알아본 나처럼 앗 뜨거 했겠지."

"실장님."

"몇 가지 미리 말하자면 이번 짝꿍 향수, 우리 회사 대표 향수로 출시될 것 같아."

"잘된 건가요?"

"당연히 잘된 거지. 똘똘한 걸 건졌잖아? 애당초 우리 팀 자체 평가도 기대작이었어. 이번에 위에서 관심 안 보여도 우리가 밀어붙일 생각이었고."

"……"

"상품 나오면 생산 수량에 따라 로열티 지급될 거야. 대우는 최상급으로 결재 올릴게."

"감사합니다."

"그리고 약속했던 경매 보상금 있지? 계약서 보니 현장 경매액의 10배더라고."

"……."

"스타니 박사와 제이 펠리아가 세트를 7,000달러에 낙찰받았으니 반으로 나누면 3,500이야. 여기에 10을 곱하면 35,000달러지? 솔직히 말하면 오 팀장의 향수는 자네 향수 덕분에 엮여 가는 거니 자네에게 몰아줘야 할 것 같은데 어때?"

"아닙니다. 오 팀장님 몫이 절반 맞습니다."

"오 팀장은 회사 소속이라 보너스를 받을 수 없어."

"그럼 명예라도 챙겨야죠. 저는 계약대로면 됩니다."

강토가 선을 그었다. 돌아보면 강토의 아이리스는 오 팀장의 향수가 없어도 상관없었다. 하지만 그로 인해 조금 더 주목을 받은 건 사실이었다. 더구나 이번 뉴욕행은 개인전이 아니었다. 아네모네 덕분인 건 빼박 팩트. 강토는 그걸 잘 알고 있었다.

"자네 말이 더 감동적이군."

"당연한 일인걸요."

"좋아. 앞으로 뭐 할 거야? 이제 졸업인데?"

"주제넘지만 하우스 차릴 겁니다."

"하우스?"

"향과 향수를 함께 공부하고 만드는 하우스요. 유럽에서는 랩이라고도 부르나요?"

"기대가 되는 한편 무섭군."

"무섭다고요?"

"자네의 향수 말이야, 한 작품 한 작품 나올 때마다 경영진이 우리 무지하게 쫄 거 같은 예감이 마구마구 들고 있거든."

"죄송하지만 저는 그렇게 되었으면 좋겠네요."

강토가 웃었다. 유쾌하의 손이 칸막이 너머에서 건너왔다. 그 손을 잡았다.

"나 잘려도 좋으니까 그런 향수 좀 부탁해. 저 잘난 유럽의 향료 회사, 향수 회사들이 함부로 넘보지 못하는 한국의 향수가 될 수 있도록."

"네, 실장님."

쿨하게 대답했다. 한없이 높은 이 창공에서.

*　　　　*　　　　*

"미국 보그 인터뷰?"

자가용 안에서 준서가 목청을 높였다. 고맙게도 차를 가지고 마중을 나와 주었다.

"진짜?"

뒷좌석의 상미와 다인도 엉덩이를 든 채 목을 빼 들었다.

"그렇다니까."

강토가 답했다.

"진짜 미국 보그 본사에서 인터뷰를 한 거야? 조향사로?"

다인의 질문이 쉴 새 없이 따라붙는다.

"얘들이 정말… 봐라. 인증 샷."

강토가 핸드폰을 건넸다.

"진짜네."

다인 목소리가 점점 더 높아진다.

"향수 이벤트는?"

상미가 질문을 이어받았다.

"폭망이었지."

"엥?"

"처음에는."

"아, 뭐야. 장난치지 말고."

속 타는 상미가 강토 어깨를 쥐어박았다.

"처음에는 폭망 맞아. 역시 유럽의 벽은 높구나 싶었어. 스타니슬라스 박사님이 오시기 전까지는."

"그분도 오셨어?"

"피미니시의 부사장님과 함께. 그때부터 대반전이 펼쳐졌지."

"와아, 너무 드라마틱하다."

"그분들이 SNS를 날리자 전문가들이 줄을 이었어. 덕분에 해피 엔딩으로 라스트를 장식."

"향수는 얼마에 팔렸어? 끝나면 경매한다면서?"

"한번 맞혀 봐라."

"음… 100㎖가 보통 30만 원 정도 하는데 우리 싸부의 천재적인 향수라면 적어도 1,000달러?"

"다인이는?"

"나도 1,000달러. 그 정도는 써야지."

"준서 형."

"나는 2,000달러다. 딱 10병밖에 없는 우리 강토 향수를 어디서 1,000달러에 넘봐."

"어, 그럼 나는 3,000달러 할래. 싸부님이니까."

상미가 급 정정을 했다.

"상미가 근접 당첨, 3,500달러에 팔렸어. 스타니슬라스 박사님과 제이 펠리아가 반반씩."

"옴마야, 제이 펠리아도 왔어?"

다인 눈에 하트가 떴다. 그녀의 팬인 모양이었다.

"펠리아만 왔겠냐? 마리온 크라크도 오고 신디 크로프트도 왔지. 그분들 외에도 헐리우드 스타들이 한 30여 명."

"대박."

"그나저나 형은? 오픈할 거라더니?"

강토가 화제를 돌렸다. 준서의 쇼콜라 전문점도 개점 박두하고 있었다.

"마무리 인테리어 중이다. 그것만 끝나면 일정 잡을 거야."

"우리가 가 봤는데 너무 좋아. 문 열면 빅히트 칠 것 같은 예감 100%."

다인이 목청을 높였다.

"히트는 차치하고 처음에는 현상 유지만 되어도 좋겠다. 가게 차리는 대로 히트 치면 누가 못 하겠냐?"

준서는 신중하다. 그래서 더 신뢰가 가는 사람이었다.

"그럼 강토한테 향수 부탁해. 금란백화점에서 매출 기록 찍은 그 비법 향수 있잖아?"

다인이 소리친다.

"안 그래도 부탁하고 싶은데 강토가 글로벌한 인물이 되었으니……."

준서가 강토 분위기를 탐색한다.

"형, 글로벌이 대수야? 형이 개업하면 닥치고 협조지."

"진짜?"

"그럼. 금란백화점 때문에 만드는 거 있거든. 까짓것 내가 형 개업 기념 선물로 프리로 제공한다. 됐어?"

"야, 당장 계약서 쓰자. 너 바빠서 마음 변하면 어쩌냐?"

"됐거든. 뒤에 상미하고 다인이 증인이잖아?"

"아오, 쟤들은 심정적으로 다 네 편인데?"

"오빠, 그러니까 우리한테 잘 보여. 뭐, 초콜릿 평생 무료 제공권이라든지……."

다인이 조크를 날린다.

"야, 그거 가지고 되겠냐? 아예 3대까지 무료 제공권 준다."

"진짜."

다인과 준서의 조크는 호흡도 잘 맞는다. 덕분에 차 안은 웃음바다가 되었다. 강토가 분위기에 올라탔다. 장도비에 대한 보답으로 기념품을 건넨 것이다.

"와아."

웃음소리는 더 높아졌다.

"말 나온 김에 형네 가게로 가자. 구조를 봐야 금란백화점 걸 그냥 쓸지 새로 만들지를 결정할 수 있으니까."

강토가 상황을 정리했다.

"야, 그건 안 되지. 나 좋자고 뉴욕에서 열 몇 시간이나 날아온 사람을……."

"형, 나 이제 바빠질 거야. 그러니까 기회 줄 때 가."

"진짜 그래도 되겠냐?"

"제가 이래 봬도 강철 체력입니다만."

강토가 강조하자 준서가 차 방향을 틀었다.

"우와."

가게에 도착한 강토가 감탄을 토했다. 꽃집 거리였다. 도로 앞이라 자리도 좋았다. 척 봐도 임대료가 쌀 것 같지는 않은 위치. 준서의 안목은 역시 쓸 만했다.

"오, 능력자인데? 나도 하우스 구할 때 형 안목 좀 빌려야겠어."

"알아는 봤냐?"

"몇 군데 보고는 있는데 꽂히는 데가 없네? 장소가 마음에 들면 임대료가 천문학적, 그렇지 않은 곳은 마음이 안 내키고."

"그 마음 이해한다."

"나도 형 같은 안목 있으면 좋을 텐데… 여기 아주 괜찮잖아."

"안목은… 엄마가 마련해 준 건데 유지나 할 수 있을지 걱정이다."

준서가 가게 문을 열었다.

연예인 출신의 준서 어머니. 이제는 현역이 아니지만 그래도 능력은 남은 모양이었다.

실내 장식도 좋았다. 사치스럽지는 않으면서 유럽 분위기를 풍기는 아기자기함이 시선을 끌었다.

"전에 프랑스 파티시에 밑에서 배운 적 있잖냐? 거기 분위기가 마음에 들었거든. 사진 찍어 온 게 있어서 비슷하게 맞춘 거야."

"그러고 보니 궁금한 거. 형, 그 프랑스는 어떻게 갔던 거야?"

"우리 엄마 소개?"

"엄마 찬스… 개부럽다."

다인의 볼에 바람이 빠방하게 들어갔다.

꼼꼼하게 실내를 확인했다. 오븐 위치와 실내 장식의 재료, 그리고 진열대와 테이블 등등… 하지만 방심은 금물. 이만한 가게의 개업식에는 실내와 실외의 구분이 없다. 그것까지 고려하면 향수 용량은 꽤 들어갈 것 같았다.

이것저것 상의할 때 준서 핸드폰이 울렸다.

"아, 이 아저씨, 왜 하필 지금이야."

준서가 혀를 찼다. 실내 전등이 유사한 모델로 잘못 시공되는 바람에 교체를 요청했더니 지금 해 주겠다는 통보였다.

미안해하는 준서를 두고 밖으로 나왔다.

"아, 현타 제대로 온다. 나만 빼고 다들 바쁘네."

다인이 투덜거렸다.

표정을 보니 취업은 진척되지 않은 모양이었다. 그렇다면 다인은 가의도로 내려간다. 부모님이 야생화 농장을 하고 있는 그 섬.

"언제 내려가냐?"

상미가 다인에게 물었다.

"졸업식 날? 부모님 올라오시면 같이 떠야지."

대답하는 어깨가 살짝 늘어진다.

"며칠 남았으니까 그 안에 취직될 수도 있지."

"됐다. 그 미련이 사람 더 힘들게 만들어. 스팸전화만 와도 혹시나 싶어서 반응하거든."

"……."

"뭐야? 그 꿀꿀한 표정은? 나 어차피 서울 생활 미련 없으니까 너나 강토 잘 도와라. 내 몫까지. 알았냐?"

"……."

"그럼 나 먼저 간다."

다인이 자리를 떴다.

"아오, 레알 헬조선, 우리 다인이 누가 자리만 주면 정말 일 잘할 건데."

상미가 한숨을 쉬었다.

"걱정 마라. 다인이 일자리 생길 거니까."

강토가 상미를 위로했다.

"어떻게? 지보단으로 떠난 경수하고 향료 회사 들어간 은비 말고는 거의 전멸이야. 양을기, 차주희, 김승애, 취업됐다더니 알고 보니까 전부 열정 페이 무보수 인턴이더라고. 나머지는 그마저도 없고."

"그래도 다인이 일자리 생긴다. 내가 대신 별점 봤더니 그렇게 나오더라고."

강토가 웃었다. 강토는 계획이 다 있었다.

*　　　　　*　　　　　*

보그 인터넷판 기사가 전송되어 왔다.

기사의 비중은 기대보다도 막강했다. 이번 호 특집으로 꾸민 것이다.

말미에는 스타니슬라스의 평에 대한 예고편도 실렸다. 스타니슬라스는 동양의 조향사가 유럽 정통 향료 기법을 완벽하게 구현한 점, 향수의 필수 성분처럼 쓰이는 착향제, 유화제,

고정제 등의 첨가물을 배제하고도 향 분자의 활성을 살린 점을 높이 사고 있었다.

국제전화를 걸어 인사를 전했다. 그러는 사이에 라파엘 교수에게 전화가 들어왔다.

"교수님."

─뉴요커 홀릭 닥터 시그니처, 뉴욕 쾌거 호평 축하하네.

그도 보그 기사를 본 모양이었다.

"죄송합니다. 제가 먼저 찾아뵈었어야 하는데……"

─멋진 제자에게 안부를 전하는 건 선생의 보람이라네. 내가 자네에게 선생으로 기억될 자격이 있는지는 모르지만.

"무슨 그런 말씀을… 교수님은 제 스승의 한 분이십니다."

─메디치 부사장까지 왔었다고?

"예."

─시향 하는 거 보니 뻑 갔더군. 영상 속 포즈는 그 사람의 후각을 사로잡은 향수 앞에서나 나오던 거거든.

"정말입니까?"

─이제 유럽 시장에 선전포고는 된 거 같고… 힘들겠지만 계속 밀어붙이게. 영감도 평생 가는 건 아니니까.

"감사합니다."

거듭 고마움을 전하고 통화를 끝냈다.

이후로도 숨 쉴 틈 없이 바빴다. 독립 하우스를 갖추는 데는 준비할 게 많았다.

향수 원료를 사들이고 하우스 후보지도 돌아보았다. 요건은 여전히 까다로웠다. 강토의 마음에 딱 드는 곳도 없거니와 조금이라도 마음에 들면 임대료가 살인적이었다.

조물주 위에 건물주.

그 말이 실감 났다.

향수 구상에 발품까지 파는 건 한계가 있었다. 몸이 둘이면 좋겠다는 생각이 들기 시작했다. 향수 만드는 몸 하나, 기타 등등을 담당하는 몸 하나…….

저녁에 손윤희를 만났다. 그녀의 식사 제안이었다. 할아버지 전시회를 도와준 것도 있고 하니 열 일 제치고 달려갔다.

"닥터 시그니처, 하우스 말이야, 장소 결정되었어?"

방송국 앞 일식집 특실에서 손윤희가 물었다. 테이블에는 럭셔리한 참치가 올라왔다. 참치 살의 색감이 이렇게 아름다운 줄은 처음 알았다. 그동안 너무 저렴한 것만 흡입했던 모양이었다.

"여러 군데 알아보고 있습니다."

"자금은 준비됐고?"

"그동안 모은 돈에 백화점에서 받은 돈, 아네모네의 계약금과 보너스 등을 합치면 그럭저럭 될 거 같습니다."

"닥터 시그니처 힘으로 간다?"

손윤희가 의미심장하게 웃었다.

"향수 만드는 사람이니 허세 같은 건 부리고 싶지 않거든요."

"역시……."

"……."

"임대료는 얼마 예상하고 있어?"

"당장은 적을수록 좋겠죠. 제가 같이 일할 사람도 구해야 하니까요."

"아직 꽂힌 데 없으면 여기 어때?"

손윤희가 사진을 내밀었다. 고풍스러운 한옥이었다.

"인사동이야. 입지는 괜찮지 않을까?"

"좋기는 한데 너무 큰데요?"

강토 볼이 붉어졌다. 작은 마당까지 딸린 집이라 마음에 들었다. 더구나 인사동이라면 나무랄 데 없는 입지였다.

"옛날에 한복 전문가가 살던 곳인데 한복 인기가 떨어지니까 처분하겠다지 뭐야. 내가 돈이 좀 있어서 사 두고 골동품 취급하는 분에게 임대를 놨었는데 요즘 워낙 불경기라 빼고 싶으시다네."

"네에."

"이거 좀 맡아 주면 안 될까?"

"네?"

강토가 전격 반응을 했다. 인사동 임대료는 넘사벽에 속하기 때문이었다.

"이모님, 거기 임대료는……."

"알아. 좀 비싸다는 거."

"……."

"그래서 잘 안 나가. 게다가 골목의 끝이거든. 코로나로 타격받은 임차인이 나간 후로 비어 있어. 그러니까 가서 살아만 줘."

거짓말이다. 그녀의 체취로 알 수 있었다. 강토가 만들어 준 농부르 띠미르 향조가 살짝 무너지고 있었다. 평소와 다른 체취가 나온다는 뜻이었다.

"알다시피 내가 이제 수입이 엄청나. 5월이 오면 소득세 폭탄 맞을 거야. 그래서 딱히 임대를 놓고 싶지도 않은데 집이라는 게 비워 두면 폐가가 되잖아. 그러니까 닥터 시그니처가 좀 맡아 주면 누이 좋고 매부 좋고 아니겠어?"

"이모님."

"내 목숨 살려 준 사람이니 이 정도 부탁은 들어줘도 되는 거 아니야?"

"이건 부탁이 아닌데요?"

"부탁이라니까."

"그냥 솔직하게 말씀해 보세요. 아무리 불황이라고 해도 인사동 건물이 안 나갈 리 없어요. 임대료 문제면 조금 낮추면 될 일이고요."

강토가 울상을 지었다.

"어머, 내 연기가 그렇게 발 연기였어?"

손윤희가 울상을 짓는다.

"이모님……."

"그럼 그냥 투자로 봐줘."

"금덩어리 인사동 건물을 공짜로 빌려주는 게 무슨 투자예요?"

"투자는 말이야, 사람마다 취향이 있는 거거든. 누구는 부동산을 하고 누구는 그림을 모으고 또 누구는 주식을 하지. 미안하지만 나 잘나갈 때 그런 거 다 해 봤어. 그러다 뇌종양과 캐고스미아로 갈 뻔했잖아? 그때 생각해 보니 사람 투자만 못 해 봤더라고."

"……."

"왜? 나는 닥터 시그니처에게 투자하면 안 돼? 금란백화점과 아네모네에서 침을 흘리는 사람, 깐깐한 뉴욕 향수 시장에서도 호평을 받은 사람. 우리 기획사 대표 동생이 은행 지점장이라서 물어봤는데 닥터 시그니처쯤 되면 은행에 가도 대출이 가능하대요. 그래서 내가 서두르는 거야."

"이모님."

"그렇게 대박 치면? 내 시그니처 계속 만들어 달랄 수 있겠어? 이렇게라도 기여를 해야 평생 시그니처 보장되지."

"이모니임."

"아니면 전에 약속한 거 지켜."

강토가 난감해하자 손윤희의 전략이 바뀌었다.

"무슨 약속요?"

"내가 컴백 성공하면 차 한 대 뽑아 줄 거라고 했지? 그거 몇 억짜리로 뽑아 주면 어쩔 건데?"

생떼까지 나온다.

"……."

"차보다야 이게 더 실속 있잖아?"

"준서 형이죠?"

감을 잡은 강토가 돌직구를 날렸다.

"뭐가?"

"제가 하우스 못 찾고 있는 거 알려 준 사람요."

"준서 얘기는 나중에 하자."

손윤희의 표정이 살짝쿵 굳어 버렸다. 그의 어머니와 둘도
없는 사이인 손윤희. 그사이에 불화라도 생긴 걸까?

"아무튼 내 투자 받아 주는 거다?"

"그럼 투자 조건이 있습니다."

"조건은 내가 거는 거 아냐?"

"이모님."

"알았어. 말해 봐."

"일단 1년은 그냥 쓰겠습니다. 하지만 1년 후부터는 주변 시세
에 맞춰 드리겠습니다. 이행 못 하면 방 빼겠습니다. 그만한 능
력도 못 된다면 이모님의 투자를 받을 자격도 없을 테니까요."

"안 돼. 나도 내 인생 구해 준 조향에 기여 좀 하자. 정 부담
스러우면 내 시그니처 만드는 비용으로 퉁치면 되잖아? 강토가
아니면 그 향수 아무도 못 만들어. 억만금을 줘도 안 된다고."

"……."

"단, 나 늙은 후에 생활비 부족해지면 그때는 받을게. 아주 비싸게."

그녀가 쐐기를 박아 버린다.

손윤희는 작심하고 나왔다. 이쯤 되면 강토의 포지션은 둘 중 하나였다. 이 제안을 거절하고 그녀와 데면데면해지든지 아니면 호의를 받아들이든지.

"고맙습니다."

쿨하게 받아 버렸다. 이기적으로 생각하자면 그녀의 주장에도 일리가 있었고, 그녀와의 케미와 신뢰 관계는 하우스 운영에 절대 필요한 요소였다.

"땡큐, 이제 얼른 먹고 집 보러 가자."

그제야 그녀가 팔을 걷어붙였다. 지방이 흰 눈처럼 내린 가마살을 두 점이나 입에 넣더니 강토 앞접시에도 올려 준다.

인사동.

그녀의 마음은 이미 거기로 가 있는 것 같았다.

끼이.

대문이 열렸다. 드라마에서나 보던, 양쪽으로 열리는 커다란 나무 대문이었다.

"와아."

아담한 마당에 들어선 강토가 입을 쩌억 벌렸다. 돌확과 돌절구들, 그리고 항아리에 심어진 꽃과 나무들. 겨울이라 꽃은 없지만 봄이 오면 어떨지 그림이 그려졌다.

마루가 굉장히 넓었다. 먼저 쓰던 주인은 골동 전시실로 사용했다. 홀을 따라 커다란 방이 세 개고 안쪽으로 주방이 펼쳐졌다. 뒤로 나가면 작은 별채도 있다.

마루도 나무요, 천장도 원목 소나무로 지은 집이니 분위기는 그만이었다. 더 재미난 건 마당에 작은 샘이 있다는 사실. 샘물은 항아리들 사이에서 빼꼼 하늘을 비추고 있었다.

무엇보다 좋은 건.

한옥이 가지고 있는 곡선미였다.

지금까지는 몰랐던 그 유려한 곡선미. 처마와 추녀가 이어지는 게 그랬고 천장조차도 매끄러운 곡선의 멋으로 사람을 편하게 했다. 향수 하우스로는 정말이지 '딱'이었다.

눈 오는 날의 처마.

낙엽 날리는 날, 커피 한 잔을 들고 선 추녀.

심지어는 피로를 달래기 위해 바라보는 천장조차.

영감으로 가득 찬 곳이었다.

"어때?"

"너무 좋네요."

손윤희의 질문에 솔직하게 답해 버렸다. 강토에게는 너무 과분한 장소였다.

"임차인 나간 지가 꽤 되어서 집이 엉망이야."

손윤희가 괜히 화제를 돌린다.

"이모님."

"왜?"

"고맙습니다. 꼭 대성해서 세계 향수 업계를 다 장악해 버리겠습니다."

"꼭 그래 줘. 그래야 이 집도 집값 제대로 오르지. 천재 조향사 윤강토가 살던 집, 한 열 배는 오를 거 같은데?"

"나중에 그 열 배로 제가 매입하겠습니다."

"그럼 더 좋고."

손윤희가 키를 내주었다. 대문 키는 옛날 그대로 주먹만 한 열쇠였다. 우직해서 마음에 들었다.

하우스 해결.

좋았다.

너무 좋았다.

오픈을 생각하니 프랑스 소녀 베티가 떠올랐다. 두 다리가 없지만 다리가 있는 사람보다 더 활기찬 소녀. 그때 한 약속을 지켜야 했다.

향수 한 병.

모델의 대가로 약속했다. 그러나 그런 아이에게 '아무거나' 한 병 주고 싶지는 않았다.

베티의 체취를 떠올렸다. 기분 탓인지 영감에 날개가 돋았다.

알싸한 블랙커런트와 신선한 진저 그리고 활력의 피망과 숨

막히는 열기를 가진 파출리.

그녀라면 이 당돌한 노트의 주인이 될 수 있었다.

흰색 감귤과 매그놀리아를 집어 들고 멜론을 섞었다. 마무리로는 시더우드, 그중에서도 버지니아 시더우드가 딱이었다. 영감대로 향 조합을 했다. 약간 빈 곳이 보이니 아이리스로 정리를 했다. 멋지다. 그러나 조금 더 개구지고 싶었다. 적임자는 페르시콜이었다. 그 향의 활력을 더하니 에너지덩어리인 베티의 이미지와 딱이었다.

바로 조향에 들어갔다. 향에 날개는 없지만 베티 마음에 날개가 되기를 바랐다.

「베티블랑」

새벽에 완성하고는 타이틀까지 붙였다. 딱 세 병과 미니어처 몇 개 분량이었다.

다음 날, 아네모네로 향했다. 뉴욕 이벤트를 결산하는 초대였다. 열두 작품의 주인공들이 모두 한자리에 모이게 되었다. 이례적으로 회장과 부사장 등의 중역진들도 참석할 예정이었다.

여기서 이창길을 만났다.

"자네가 내 체면을 세워 주었군."

그는 반색을 했다.

"교수님."

"고맙네. 스승 노릇 한 것도 없는데 다들 청출어람이라며 나까지 띄워 주니……."

강토 어깨를 두드려 준다. 그 자신이 좋은 성적을 거두지 못했음에도 강토의 선방을 축하해 주니 고마울 뿐이었다.

"이분이 주디 선생님."

오 팀장이 주디를 소개했다. 향으로만 만났던 그 사람. 직접 보니 향을 닮았다. 굉장히 단아한 30대 후반의 여자였다.

"닥터 시그니처, 뉴욕을 발칵 뒤집었더군요. 보그 인터넷 기사 잘 봤어요."

그녀가 손을 내밀었다. 먼저 도착한 그녀, 오 팀장과 보그 이야기를 나누던 중이었다.

"뒤집은 것까지는 아닙니다."

강토는 겸손했다.

"자랑 좀 해도 괜찮아요. 이벤트 현장 동영상도 찾아봤거든요? 제가 메디치 선생님 존경하는데 그렇게 칭찬하는 모습은 처음 봤어요. 게다가 보그 기사 끝에 실린 스타니슬라스의 호평도 흔한 일은 아니라죠. 예고편도 뭐가 나올지 마구 기대되는 거 있죠."

"어? 메디치 부사장님 잘 아세요?"

"잘은 모르고요, 우연한 기회에 제 향수 평을 받은 적이 있어요. 그때 저는 아주 묵사발이 났거든요. 좋은 향이 좋은 향수를 만드는 게 아니라는 법부터 배우라고 말이죠."

"네."

"평범한 아이리스로 피렌체 아이리스 효과… 그분이 인정할 정도면 퍼펙트했겠네요. 그 향수가 빨리 나오면 좋겠어요."

"감사합니다."

"이건 제 명함이에요. 듣자니 하우스 준비 중이라던데 저도 그렇거든요. 닥터 시그니처 나이로 보면 저도 꼰대 축에 들지만 가끔 놀러 오세요. 제가 향수는 그저 그렇지만 심심할 때 굽는 비스킷은 남들이 알아들 주거든요."

"그럼 오늘 가도 될까요?"

"네?"

강토의 전격 제의.

주디가 놀라는 표정을 지었다. 하지만 바로 수습에 들어간다.

"대환영이죠."

즉석에서 방문이 성립되었다. 주디, 본명은 김미향이다. 한국에서는 손가락에 꼽히는 실력파지만 목에 힘을 주지 않으니 너무 좋았다.

"닥터 시그니처."

제이미가 도착했다. 높은 목소리에 활기찬 체취. 돌아보지 않아도 알 수 있었다.

"안녕하셨어요?"

"덕분에. 보그 인터넷 기사 봤어?"

오늘도 변함없이 상냥하고 오버한다. 그래도 가식이 사라진 탓인지 눈에 거슬리지 않았다.

"봤죠. 제이미 선생님 사진 잘 나왔던데요?"

"아유, 우리 닥터 시그니처가 여자 보는 눈은 있다니까."

장단을 맞춰 주자 상냥함에 불이 붙는다.

"그나저나 어떻게 되었어요? 뉴욕 짝꿍 향수 정식 출시한다는 소문이 있던데?"

제이미가 오 팀장에게 물었다.

"아유, 우리 제이미 선생님 정보력은 정말……."

"그거 출시 안 하면 내가 하려고 그러죠."

"그럼 저도 로열티 받는 건가요?"

"줄게요. 얼마? 말씀만 하세요."

케미가 도는 사이에 회장과 부사장이 도착했다. 차 선생이 나와 외부 조향사들을 안내했다.

이창길에 제이미, 주디와 강토, 그리고 또 두 명의 조향사.

분위기가 사람을 만든다더니 그렇게 앉으니 모두가 그럴듯해 보였다.

회장과 부사장이 들어왔다. 부사장은 강토와 구면이다. 유쾌하가 나서 여섯 외부 전문가들을 소개했다.

"고맙습니다."

"수고 많으셨어요."

인사말과 함께 강토 차례가 되었다.

"아이리스 향수 만든 윤강토 선생입니다. 뉴욕에서는 닥터 시그니처로 불렸습니다."

유쾌하가 강토를 가리켰다.

"덕분에 우리 아네모네의 체면이 살았어요."

회장이 웃었다.

인사가 끝나자 회장의 덕담이 이어졌다.

그동안의 노고 치하와 함께 본격 향수 산업에 뛰어들 발판을 마련했다는 이야기, 더불어 약간의 사례금을 준비했다는 내용이었다.

"여러분은 우리 아네모네의 소중한 자원입니다. 앞으로도 이론과 실제에서 아네모네를 위해 많은 기여와 조언을 해 주시기를 요청합니다."

회장의 마무리였다.

"닥터 시그니처."

간단한 다과까지 끝나자 차 선생이 강토를 불렀다.

"부사장님 콜."

"부사장님이오?"

"가 봐."

그녀가 복도 끝의 문을 가리켰다.

"오, 윤 선생님."

부사장이 일어나 강토를 맞았다.

"여기 앉으세요."

친히 자리까지 권한다. 소파에는 유쾌하가 먼저 착석하고 있었다. 강토도 자리를 잡았다.

"나 기억하죠?"

맞은편에 앉은 부사장이 급 친근 모드를 취한다.

"예."

"나중에 보고받았지만 지난 여름방학 인턴 때 추출실 화재
도 막아 주었고?"

"……."

피식 웃음이 나려는 걸 참았다.

새삼스럽게.

그 단어가 머리에 바글거린 것이다.

"이번 일을 기회로 인턴 평가서 다시 뜯어봤어요. 이건 뭐
인턴이 아니라 이미 전문가였어. 그렇지? 유 실장."

"예."

유쾌하를 물고 들어간다. 장황한 분위기 조성의 클라이맥
스가 나왔다.

"이번에 졸업을 한다고요?"

"예."

"어떻습니까? 기왕 이렇게 인연이 된 거 우리 아네모네 조향
팀에 합류하는 게. 다른 건 몰라도 세 가지는 약속합니다. 개
인 연구방에 최고의 대우, 장담하건대 대학을 졸업하는 사람
에게 이만한 대우를 해 준 기업은 없을 겁니다."

"과분하네요."

"개인 공방을 차릴 거라는 말을 들었어요. 그것도 괜찮지만
젊을 때는 우리 같은 기업 랩에서 일하는 것도 나쁘지 않습니

다. 공방이나 하우스는 경륜이 쌓인 후에 차려도 늦지 않아요."

"……."

"회장님 특별 지시로 연봉은……."

부사장이 봉투를 열었다. 안에서 수표가 나왔다. 액수가 적혀 있지 않았다.

"이게 바로 백지수표라는 겁니다. 각 분야의 최고 능력자들이 받아 봤다던 그 백지수표."

"……."

"우리가 윤 선생을 이렇게 생각하고 있습니다. 액수는 얼마를 써넣어도 좋습니다."

봉투에서 삐져나온 수표가 강토를 보고 있다. 방금 뽑아 온 것인지 온기가 식지 않았다.

백지수표.

늘 궁금했었다.

―세계 최고의 뇌 과학자를 데려오면서 백지수표를 제의했다.

―반도체 권위자의 스카우트에 백지수표가 쓰였다.

그때 그 사람들.

금액란에 대체 얼마를 적은 걸까?

정말로.

500억이나 1,000억을 적어도 주는 걸까? 아니, 미친 척하고 한 1조를 적어 버리면?

"부사장님."

강토가 입을 열었다.

"말씀하세요."

부사장이 다가앉는다.

"백지수표… 진짜 궁금해서 그러는데요, 얼마까지 적을 수 있는 건가요?"

"얼마든지 된다니까요."

"그럼 100조를 적어도 됩니까?"

"100조?"

부사장의 눈빛이 팝콘 볶듯 멋대로 튀었다.

＊　　　＊　　　＊

"윤 선생……."

"안 되는군요?"

"그렇다면 제 능력은 아직 보잘것없는 것 같습니다. 나중에 제가 100조를 적어도 놀라지 않을 수 있는 조향사가 되었을 때 사인을 하러 오겠습니다."

"……."

"백지수표… 탑탑하면서도 따뜻한 냄새 분자가 좋았습니다. 감사합니다."

강토의 마무리였다.

"좋아요. 뭐 오늘만 날은 아니니까 계속 협력하면서 조율해 봅시다. 우린 윤 선생을 꼭 스카우트하고 말 거에요."

부사장은 여지를 남겨 놓고 일어섰다.

부사장의 직접 스카우트 제의.

여름방학 인턴 때에 비하면 따따상을 한 강토의 위상이었다.

"100조라……."

부사장을 보내고 온 유쾌하가 다시 의자에 앉았다.

"불쾌하셨다면 죄송합니다. 백지수표… 정말 무한대 금액을 적어도 되는지 궁금했거든요."

"잘했네. 실은 나도 그랬거든."

"실장님도요?"

"살면서 백지수표 던졌다는 말 많이 듣잖아? 전에 지보단에서 백지수표를 받은 유럽의 천재 조향사 레이먼드는 연봉으로 12억을 썼다고 하더군. 그날이 12월 12일이었다나?"

레이먼드는 현재 유럽의 신진 조향사를 대표한다. 두 번의 니치 발표회에서 장 폴 겔랑의 계보를 잇는 조향 천재라는 칭송을 받고 있었다.

"받아들여졌나요?"

"그렇게 알고 있네. 하지만 자네에 비하면 껌도 안 되는군. 무려 100조를 언급했으니 말이야."

"진짜 적을 생각은 아니었습니다."

"적었더라도 나는 인정했을 거네. 자네 미래는 그 이상일지도 몰라."

"실장님……."

"내가 부사장님에게 미리 말씀드렸어. 닥터 시그니처는 백억을 줘도 남의 밑으로 가지 않는다고 말이야. 하지만 그분이 한번 나서 보겠다니 어쩌겠나?"

"영광의 기회를 주셔서 고맙습니다."

"그건 그렇고 아이리스 짝꿍 향수 말이야, 제품 생산이 정식으로 결정되었네. 향료가 확보되는 대로 생산에 들어갈 걸세."

"그래요?"

"가격은 50㎖ 100달러 정도로 갈 것 같아. 자네 로열티는 1%로 결정될 것 같고."

"실장님이 기회를 준 것이니 로열티는 실장님 재량에 맡기겠습니다."

"여기다 사인을 하시게. 다른 건 계약서 루틴이고 핵심은 아이리스와 똑같은 포뮬러의 향수는 만들어 팔지 않는다는 내용일세."

유쾌하가 계약서 세부 조항을 가리켰다.

갑은…….

을은…….

머리가 어지럽지만 회사로서는 당연한 요청이다. 확인을 마치고 사인을 했다.

"고맙네. 덕분에 우리 아네모네도 대표 향수가 나오게 됐어."

유쾌하가 웃었다.

아네모네.

피부 보습이나 잔주름 에센스 쪽은 막강하다.

향수도 없는 건 아니었다. 주로 국내용으로 40여 가지가 출시되고 있다. 대개는 정통 향수가 아니라 코롱이나 디퓨저 쪽이었다. 그러니 조향 팀 입장으로 보면 이 향수야말로 본격 향수 시장에 뛰어드는 원년이 되는 셈이었다.

게다가, 이유야 어쨌든 둘 중 하나는 그들 팀의 작품이었다. 고무되지 않을 수 없었다.

복도로 나오기 무섭게 차 선생에게 납치되었다. 그녀가 구상하는 향 스케치를 보여 준다. 기본 구상을 마친 향을 묻힌 블로터를 내밀고 아이처럼 질문을 퍼부었다.

"뉴욕에서 헐리우드 스타들이 꽃처럼 보이길래 영감을 받아서 스케치해 본 거야. 어때?"

블로터의 향에서 꽃이 피어올랐다. 장미와 피오니, 연꽃을 하트로 내세우고 일랑일랑과 라일락으로 뒤를 받쳐 꿈을 꾸는 듯한 환희를 구현했다.

"굉장한데요? 가슴이 설레는 거 같잖아요?"

"진짜?"

"네. 베이스노트만 잘 맞춰 주시면 설렘이라는 주제에 그만이겠어요. 소장 각 되겠는데요?"

"그럼 나 닥터 시그니처만 믿고 이 향 밀고 간다?"

"네."

그녀의 영감에 확신을 실어 주었다. 뉴욕 이벤트장에 선보
인 그녀의 작품보다 훨씬 나았다. 어쩌면 그 자리의 경험이 차
선생에게 도약의 기회가 될 수도 있었다.

이날 아네모네에서 받은 봉투는 두 개였다. 특별 사례금 봉
투에는 1,000만 원 수표가 들어 있었다. 나머지는 아이리스
향수 제품 생산에 관한 계약서들이었다.

*　　　　*　　　　*

"여기예요."

주디가 유럽풍의 하우스를 가리켰다. 위치는 연트럴파크(?) 인
근이었다. 미안하게도 그녀의 차를 얻어 타게 되었다. 차가 뭐냐
고 물을 때 BMW라고 답한 게 발단이었다. 철 지난 개그를 진짜
인 줄 알아들으니 자백을 한 강토였다. 어차피 그녀의 하우스를
방문하기로 했으니 타지 않을 수도 없었다.

어시스트로 보이는 여자가 그녀를 맞았다.

"송아연, 여긴 뜨는 조향사 윤강토 씨. 닉네임 닥터 시그니
처. 동영상에서 봤던 그분."

주디가 어시스트에게 강토를 소개했다.

"어머, 영상보다 더 어려 보이세요."

어시스트가 얼굴을 붉혔다.

"뭐야? 그 뻑 가는 표정? 나 버리고 이분 밑으로 갈 각인데?"

"그게 아니고… 방금 전에 빅프라이드 엔터에서 코디 담당 대리님이 다녀갔는데 닥터 시그니처 말씀을 하셔서요."

"뭐라고?"

"우영자 있잖아요? 이분이 그분 시그니처를 만들어 줬는데 새로 계약할 가수가 보너스로 그런 시그니처를 원한다고……."

"와아, 부러운데요?"

주디가 강토를 바라보았다.

"오자마자 그런 말부터 하시니 얼굴이 화끈거리네요."

"팩트를 어쩌겠어요. 보아하니 닥터 시그니처 광풍이 불어 올 것 같단 말이죠. 그렇게 보면 저는 행운이네요. 일단 우군 이 된 것 같으니."

주디는 상냥하다.

"제가 드릴 말씀입니다."

"잠깐만요."

양해를 구한 주디가 안으로 사라졌다.

앙증맞은 소파에 앉은 강토가 가만히 눈을 감았다. 벽에는 최신 향수와 향료들이 가득했다. 특이하게도 선반은 검은색 앵글이었다. 그녀의 작품은 메탈릭한 의상 위에 디스플레이되 었다. 그 또한 그녀의 개성을 잘 드러내고 있었다.

강토와는 감각이 달랐다. 눈을 감고 그걸 체크하는 것이다. 이 안에 형성된 냄새 분자들. 그게 주디의 세계일 수 있었다.

그러던 중에 고소한 냄새가 풍겨 왔다.

"……?"

눈을 뜨니 주디였다. 비스킷 접시를 든 채 앞에 서 있었다.

"선생님?"

"굉장히 몰입하는 것 같아서 기다렸어요."

그제야 비스킷을 내려놓는다. 참 군더더기 없는 여자였다.

"디스플레이가 굉장히 독특하네요?"

강토가 그녀 작품을 보며 말했다.

"요즘 개성 없으면 버티기 힘들잖아요. 디자이너 친구가 있는데 쳐들어가서 몇 벌 털어 왔어요. 시그니처 몇 병 넘기는 조건으로 말이죠."

"손님들이 굉장히 좋아하겠는데요? 특히 젊은 세대들……."

"닥터 시그니처는 세대를 아우르더군요. 저는 그런 재주가 없어요. 그래서 젊은 세대에 포커스를 맞추고 있어요."

"세대를 아우르고 싶은 건 장래 희망입니다. 지금은 주특기가 없는 거죠."

예의를 갖춰 주고 비스킷을 깨물었다.

"……?"

맛이 기막혔다.

"바닐라와 장미 향을 넣었네요? 비율은 7 대 3 정도?"

"와우, 역시."

주디가 박수를 치며 좋아했다.

그녀의 비스킷은 정말 훌륭했다. 장미의 꼬릿한 향을 제대로 날린 것만 봐도 알 수 있었다. 아무렇게나 장미 향을 쓰면, 꼬릿해진다. 혹은 비릿해지든지.

그녀는 작년에 독립했다. 고려향료에서 지명도를 쌓은 덕분에 큰 어려움은 없었다고 했다.

조향사끼리 만났으니 향수가 빠질 수 없다. 그녀의 시그니처와 니치 향수들이 대령되었다. 하나하나 정성껏 시향을 했다. 할아버지의 대작을 감상하듯 여러 각도에서 차곡차곡.

중성향.

그리고 심플.

그녀의 테마였다. 많은 향수가 중성을 주제로 삼고 있었다. 그러나 기막힌 어코드로 중립 기어를 제대로 지킨다. 뉴욕 이벤트 출품작과 같이 온갖 향료를 범벅하지 않았다. 성분표에 밝힌 노트들, 그것 외에는 천연 보습제 정도가 들어갔을 뿐이었다.

잔향까지 확인하니 여자도 좋아하고 남자도 좋아할 수 있는 향이다. 강토가 시향 한 '한국 향수' 중에서는 독보적이었다.

예약 손님이 들이닥치면서 강토의 방문도 마감이 되었다. 주디는 기다려 달라고 했지만 강토도 비즈니스가 있었다. 비스킷을 한 봉지 받아 들고 다음을 기약했다.

주디의 초대에 전격 응한 건 하우스 구상 때문이었다. 손윤희의 인사동 한옥. 조향에 맞춰 손을 봐야 했다. 그러자면 하나라도 더 발품을 파는 게 최고였다. 인테리어만은 시각적 경험이 필요한 일이었다.

—방송국 연예인들의 오더.

—금란백화점 오더.

—아네모네의 로열티 계약서.

—보그의 인터넷 기사.

—하우스 예정지인 인사동 한옥집 사진.

—그동안 만든 향수 작품들 사진.

현재의 강토를 대표하는 아이템들을 챙겨 들고 상미를 만났다.

"와아."

인사동 한옥 사진을 보더니 그냥 뒤집어지는 상미.

"딱이다. 인테리어만 잘 맞추면 향수 왕국으로 불러도 되겠어."

"왕국으로는 너무 좁지 않냐? 우리가 인사동만 정복할 것도 아니고."

"헤헷, 그렇기는 한데 너무 좋아서."

"마음에 드냐?"

"나야 무슨 상관? 싸부가 하는 일인데? 그런데 이런 집은 임대료가 좀 비싸지 않아?"

"걱정 마라. 무료로 빌렸으니까."

"진짜?"

"그래."

"대박."

"좋냐?"

"그럼. 싸부도 첫 창업인데 나가는 돈이 많으면 어렵잖아?"

"어쭈? 누가 너보고 그런 걱정 하랬냐?"

"내가 안 하면 누가 하냐? 나 월급도 받아야 하는데."

"그건 그렇네?"

"내가 할 일은 뭐야? 가서 청소할까? 향수 분자보다 작은 먼지 하나 없이?"

"나는 조향 도와줄 사람 구한 거지, 미화원 구한 거 아니거든?"

"그건 싸부 생각이고 나는 뭐라도 도와야 편하거든? 싸부는 한국에 번쩍, 미국에 번쩍 하는데 나는 아무것도 안 하고 빈둥거리고 있잖아? 갓수처럼……."

"일은 곧 코피 터지도록 시켜 먹을 거고… 오늘 일단 중요한 미션 하나 준다."

"뭔데?"

"핵심 멤버 배상미에 하우스까지 해결되었으니 남은 건 딱 하나."

"……?"

"향료의 안정적 공급."

"향료 구매처 아직 못 구했어? 내가 홍대 사기꾼이 거래하던 향료 도매상 전번은 아는데."

"기존에 쓰는 향료는 문제없어. 안 되면 라파엘 교수님이나 스타니 박사님, 혹은 아네모네 오 팀장님 지원을 받아도 되고."

"그럼?"

"직접 추출한 자연 향이 문제야."

"그러려면 그라스로 가야 하잖아?"

"그라스까지는 필요 없어. 일반적인 건 향료 회사 것을 쓰면 되고 포인트나 차별화로 사용할 소량만 있으면 되니까."

"그렇구나. 한두 병이면 몰라도 싸부가 다 일일이 만들 수 없을 테니까."

"생각해 보니까 국내에 적임자가 딱 한 명 있더라고. 꽃과 함께 자랐고 꽃에 정통하며 거대한 자연 화원을 가지고 있는 사람. 게다가 향수와 향 추출법에 대한 개념도 확실."

"어머, 그럼 진짜 딱이네?"

"그렇지?"

"응."

"그 사람을 오늘 스카우트해야 해. 그러니까 네가 분위기 좀 잘 잡아 줘."

"그런 사람이 듣보잡인 내가 돕는 걸로 되겠어?"

"백지장도 맞들면 낫다고 우리 둘이 정중하고 진지하게 예의를 다하면 되지 않을까?"

"아오, 긴장 도네. 잘할 수 있을까 모르겠다."

"그럼 시작해 볼까?"

강토가 꽃 상가를 돌아보았다.

"저분이야."
카페에 들어선 강토가 창가 테이블을 가리켰다.
"⋯⋯?"
상미가 걸음을 멈췄다. 국내 적임자가 앉아 있는 테이블.
그 자리에 앉은 사람은⋯⋯.
다인이었다.
"강토야, 상미야."
다인이 먼저 강토를 돌아보았다.
"⋯⋯?"
상미가 강토를 바라본다. 중요한 사람이라고 들었다. 하지
만 테이블에 앉은 사람은 눈을 씻고 봐도 다인이었다. 하지만
강토가 말했었다.
저분이라고.
"뭐 해? 그 꽃 주지 않고?"
강토가 상미 팔을 건드렸다.
"다인이야?"
상미가 혼란에 빠졌다.
"아, 진짜⋯⋯."
상미 손에 들린 꽃을 받아 든 강토가 다인에게 꽃을 내밀었다.
"뭐냐? 졸업식 못 오냐? 웬 꽃?"

그러고 보니 모레가 졸업이었다.

멀뚱거리는 다인에게 서류를 펼쳐 놓았다. 방송국 연예인들의 오더와 금란백화점 오더, 아네모네의 로열티 계약서에 보그 기사, 인사동 한옥집에, 향수 작품들과 은행 통장이었다.

그리고.

그녀가 정신을 차리기도 전에 제안을 했다.

"일감, 하우스 임대, 운영자금, 향 전문 하우스 차릴 준비는 끝났는데 도와줄 사람이 한 명 더 필요하다. 아직은 가능성밖에 없지만 네가 도와주면 향수로 세계 정복 할 거 같은데… 좀 도와줘라."

강토 시선은 반듯하다. 진격의 오시롤 분자처럼 햇살 같은 눈빛이었다.

"윤강토……."

다인은 비로소, 강토의 행동이 장난이 아님을 알았다.

『달빛 조향사』 6권에 계속…